Dear 親愛的6C

周牛 著

精神科書寫

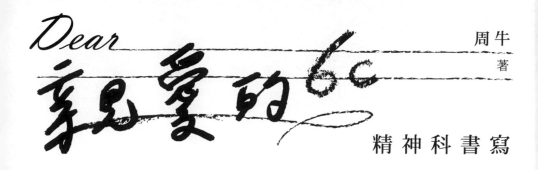

推薦序　無法禁止的熱情

年輕的時候，閱讀余光中譯的《梵谷傳》，很被梵谷（Vincent Van Gogh）最後那幾年發狂似的創作熱情給感動，那種奔放，完全顯現出上帝賦與這個天才在世上所當完成的使命。這本傳記英文原書名為《Lust for Life》，中文似乎應當翻譯成「對生命之欲求」。梵谷的畫，誠如書中所記之知音收藏者所言，將療癒千千萬萬個世代的人心。如今在新冠疫情肆虐整個臺灣的沉重空氣下，得有機會欣賞莒光君的這本著作，不禁又受到鼓舞，充分感受到一股對生命熱愛，不受禁制的焰火熊熊發光。

莒光老師是本院身心科非常傑出而受到全院同仁敬重的諮商心理師。在將自身工作經驗化做一篇篇小說、記事、隨筆的過程中，不但隨處徵引古往今來神話智識、中西哲人慧語、宗教典籍教誨，還每每創作新詩插敘文中，為這本療癒人心的書籍，倍增顏色。相信讀者們在讀到書中〈自由的血〉、〈薛西弗斯〉，和〈意義的追尋〉等篇章的時候，看到文中引述卡繆（Albert Camus）所說的，「奮鬥本身可以填滿一個人的心靈」，亦當感覺出一種〈太史公自序〉裡的豪情壯志。

本書不但可以做為有志從事精神醫療和心理諮商工作者的入門導引，也可以為不太熟悉身心醫學領域的社會大眾，提供同理與理解的法門，因此，我非常樂於向大家推介這本書，希望大家在閱讀之後，都能像我一樣，獲得一種心靈的沉澱。最後，謹試填一闕〈沁園春〉稍稍表達個人對莒光君奮鬥不懈的敬意：

情懷萬種，無誰得訴，投之筆耕，將千般胸臆，著力揮灑，積累成冊，亦足趣生，失調幻念，愁苦鬱悶，躍然紙上似馬騰，縱狂想，看若空虛構，暗顯其真，迴如大悲鐘聲，勾起累世劫難沙塵，教凡夫俗子，杜鵑窩外，心揪血凝，歎息所聞，金剛羅漢，降龍伏虎，非必救陷溺冤魂，因發願，深體行間義，入不二門。

衛生福利部臺東醫院院長　樊聖

推薦序　因為愛

因為愛　存在
因為愛　同在
因為愛　重生
因為愛　永恆

莒光心理師邀請我寫推薦序時我滿心的願意，雖然正遭逢生命功課的巨大挑戰心力窘迫，但我堅持：「因想參贊你的用心真情實意，對受苦者、受困者的尊重，關懷與陪伴。」

〈親愛的6c〉是本書其中的一篇，以6c精神科病房為代碼表達對於病友的關懷，如同莒光心理師常做的以書信鼓勵他們。以6c小寫c隱喻在生命陣陣波濤的衝擊下，他們雖然有時顯得渺小，或自殺、或憂鬱、或強迫症，或以華麗的奇想，來滿足想望及思念，這都是奮鬥的軌跡，危危顫顫，有血有淚也有歡笑聲。

在6c病房裡，有一群心靈受苦的人，及一群真心實意的陪伴照顧者，專業工作團隊。透過照顧者的願意傾聽陪伴，受苦的生命得以被看見，見證他們存在過，擁有美好的痛苦的時光。

透過心理師引導的自由書寫、彩繪（〈心如工畫師〉篇），他們可以重生；也重新思考在困擾，焦慮、失落的人生遭遇中，還有什麼可以自己決定的（〈個案情事〉篇）？也經由這樣的心靈交會，原本以照顧者自居的一方，得以看見自己的真實——或許軟弱或許衝動——可以更真實地擁抱生命。瞭知沒有絕對化的、照顧者／被照顧的強勢弱勢，喔，生命是可以平等、互相輝映的。

我見證莒光心理師從入行時的質樸、踏實，一步一腳印地，從一句句的諮商引導語學起，細細地收藏及記述他接觸的受刑人的每幅畫；到精神科病房後迄今，寫了三本書，他說：「我寫偏鄉的故事，寫弱勢的故事，寫原住民的故事，只是想表達對人的關懷。」厚厚實實，娓娓道來的生命故事裡，確立故事主角的永恆存在！一路走來我看到了莒光心理師的誠摯、用心，對生命的尊重，而最深泓的基底是：「對生命不止息的愛！」

很讚歎及恭喜莒光心理師，他找到他的天命，引領期待他下一本書，還有下下一本書……。

國立臺東大學特教系教授、諮商心理師　王明雯

推薦序　遲早，我們都要住進親愛的6c

〈Sooner or Later (I Always Get My Man)）〉，是一部一九九〇年上映的美國動作電影《狄克崔西》（*Dick Tracy*）的主題曲，隔一年，它讓演唱這首歌曲的一代豔星瑪丹娜（Madonna）獲得了奧斯卡金像獎最佳電影配樂獎。

看著「周牛」〈心如工畫師〉的《親愛的6c　精神科書寫》，總會隨著書中心理師作者鋪陳的「腦中奇想」，飄出自己的奇幻想法、畫面情節、經典樂曲。像被催眠似的，不斷湧現瑪丹娜這一首歌的旋律和詞句。就好像，切斯特・高德（Chester Gould）的經典漫畫《狄克崔西》裡頭，一身英雄氣概、戽斗、鷹勾鼻的傳奇警探，在遇上了美豔性感的「瑪丹娜」，不用催眠數到十，便毫無招架之力……你會想要一篇、一篇故事接續著把它閱讀完畢。

心理師周牛，在親愛的6c裡頭，化身成個案、病友、護理師、醫師，在自序裡頭開宗明義說，這些故事是一分現實，兩分虛構，七分真實。然後，你就開始被催眠，心裡自動唱起歌兒了。所以，這是我心裡的歌，而且，你不僅發現，《古文觀止》裡的歐陽修可能住過6c，甚至發現自己遲早都要住進親愛的6c。喔，我是說，找到這一本從軍旅退役、轉職心理師，並開始書寫自身工作與原鄉故事的新銳原住民作家，周牛莒光的新作來閱讀。

我自己的閱讀經驗，自然是先把背景架空在依山傍海的臺東，以及關注著著像是電影情節裡，進出於親愛的6c的熟悉部落族人的身影。寫推薦序的時候，正值新冠肺炎疫情衝擊著全臺灣，甚至連最後一片淨土臺東也傳出了確診的案例。很快的，衛福部宣布臺東醫院轉型為專責醫院，精神科病房必須清空，親愛的6c，也必須暫時停止看診……

同理「心理師的同理」，可能是閱讀「莒光」這一本新作的平衡界線，除非你也想像我一樣，不時想從腦海裡飄出電影《狄克崔西》的主題曲，然後住進親愛的6c？不是沒有需要，除了此時此刻因為疫情的隔離，不然，遲早我們都會是，而且是住在親愛的6C，對！是大寫的C，無妄自大、毫無病識感的正常患者。不信，你把電視關了，讓那些網紅、名嘴們閉嘴，先看看這本書裡的渺小的患者們，聽他們說什麼？想什麼？

世新大學數媒系助理教授　馬紹・阿紀

各界推薦

「『一分現實，兩分虛構，七分真實』，作者以貼近人性及生動柔軟的筆觸，將其於精神科服務之所見所聞，交織在現實、虛構與真實的故事當中，呈現給讀者。這是一本能帶領普羅大眾初窺精神醫療的書，更是一本能觸發精神醫療工作者反思的好書。」

——衛福部臺東醫院精神科主任　顏銘漢醫師

「作者透過真心真情的文字，在精神科個案的症狀、文學、哲學、歷史、文化和個人經歷中穿梭，交織出一篇篇的動人小品，讓人一窺精神症狀的主觀世界，讀者除了感到驚奇，也觸發了自我內在的想像和省思。」

——衛福部八里療養院臨床心理師　許靜怡心理師

「作者真誠地書寫個案的內在生命故事，細膩溫柔，有溫度，有感動。閱讀後，你可以省思的生命，並從心看待個案，值得推薦給輔導老師閱讀。」

——國立關山工商輔導處主任　徐瑞華老師

「以心靈之眼，描述邊界悠遊的一顆心。」

——杵音文化藝術團創辦人　阿美族　panay高淑娟

「故事，就像散落一地的拼圖！一片一片細心撿拾的心理師，試著將拼圖擺放回原來的樣子，拼圖之間的裂痕終究還是裂解了原貌！心理師以文字溫柔地填補，也帶領讀者們一起聆聽慢慢拼回去的故事……」

——Alian 96.3原住民族廣播電臺節目主持人　排灣族　格格兒・巴勒庫路

「一篇篇短篇是人生際遇的故事，觀看心理師及個案之間重重疊疊，斑斑駁駁，讓讀者從他者進入似曾相識的困擾情緒經驗，透過周牛的書寫療『育』讀出更多豐富的可能。」

——臺東晃晃二手書店　羅素萍（素素）

自序

在我面前坐著的是位老婆婆，七十多歲了，頭髮花白。

她顫顫地說：「我昨天作了個夢，夢見我要上班出門，有個小男孩，年紀很小，他緊緊抓住我的右腳，哭喊：『不要走！我不要妳走。』夢裡的我心想：『他是誰呀？』在想的瞬間，我醒了。」

「夢醒時，耳畔小男孩的呼聲還在……」老婆婆的眼慢慢濕紅，「我猛然想起，他就是我的孩子……這一幕是在我年輕的時候真實發生的……」老婆婆的淚滿出眼眶，一滴、兩滴落下……

坐在旁邊的我，正靜靜地聆聽，同理老婆婆的感覺，同理老婆婆的心。

老婆婆的兒子，數個月前……自殺離世了。

這是發生在我們精神科病房的故事，山海一隅的城市，一群有愛心的醫療團隊默默地為心靈受苦的人服務的故事。而我很榮幸地是這個團隊中的一員，讓我可以近身觀察，寫出這些故事來。

早期我在念大眾傳播時，修習攝影，那時是紙本照片，必須到暗房沖洗底片，經過顯影、定影後，才能沖出照片。在暗房的感覺像是經歷了死亡，當照片完成時，內心又充滿了喜悅，有再生的感覺。我的工作大部份是做心理關懷的服務，就像是沖洗紙本照片，在暗房陪著個案聆聽他的內在，在黑暗慢慢地顯影、定影，而後照片誕生了。許多好朋友問，你怎麼有那麼多的故事可寫？只要用心看、用心聽，周遭就有許多值得關懷的人不是嗎？每個人就是一本故事書。在醫院精神科服務時，我聽到許多故事，每一次的晨會教學、臨床跟診、個案研討，與同仁的聊天中，甚至個案、病友，他們都是說書人，故事裡有難過、有開心……這些都是直指人心的感動。我只是將我的心，以隨筆的方式，一字接著一字，一句接著一句，一篇接著一篇，寫出來。在寫這些故事時，我化身成個案、病友、護理師、醫師，當然也有心理師的角色。若有人問這些故事是真？是假？我的回答是一分現實，兩分虛構，七分真實。現實指的是在醫療現場的所見所聞；兩分虛構指的是故事經過改編，也加上我的想像，但是這個想像是立基在現實上，如果讀後感覺到與現實相同，我將會像播放電影一樣，結束時在銀幕映出「本故事純屬虛構，如有雷同，實屬巧合」。那真實是什麼？真實指的是閱讀之後，你的生命接觸到故事主角的生命而生起的感動，那是真的，至少占了七分。

回到精神科6C病房的現實場域，我們會為了一位喑啞的病友精神科全體同仁在晨會時學手語；我們會為了安置病友出院後的去處，四處打探合適的機構，為病友媒合；我們會為了病友爾後復歸社區，連結社會，協調公益團體進入病房演出、活動及歌唱；我們會為了酒藥癮的個案，鼓勵他們勇於面對，持續治療；我們會為了病友的悲傷，細細聆聽他們的故事；我們會為了增進病友的心靈活動，在夜間做柔性的音樂演出。

寫這本書時，遇到COVID-19的肆虐。那一天，我們醫院奉中央命令轉型為專責醫院，要清空精神科急、慢性病房，送親愛的病友們上防疫車要轉送到友院時，許多精神科同仁的雙眼都是濕濕的。下班後，我騎單車經過馬亨亨大道時，我下車推行，走一段路，想到病友的離情，看著日落時分的都蘭山，美好的景緻勾起心中無限感慨！

這本書的完成要感謝院長樊聖醫師，對精神科不遺餘力的支持；精神科主任顏銘漢醫師帶領著吳柳樺醫師及醫療團隊，投注心力在偏鄉照顧心靈受苦的人；護理長邱端慧護理師帶著善良，又專業的護理師團隊，發自愛心地照顧病友；病房的羅玉玲專科護理師、戴喬雲專科護理師，病友的大小事，她們都要注意，沒有兩位美麗的專科護理師，醫師們再有能力也忙不過來；還有精神科的個管兼行政趙一芳老師，下班後默默地擔任慈濟志工，以志玄虛漠的精神，發大悲心日日執行美沙冬替代療法，多一分心勸個案按時服藥。此外還有社工師、職能師、心理師、個管師、照服員、書記及保全，現代精神醫學是從生理、心理及社會等面向全方位來治療的，每一個人都很重要。是這麼多人成就了精神科。希望閱讀這本書的好朋友們，閱讀之餘也給我們在偏鄉服務的醫療伙伴們一些鼓勵。

在COVID-19疫情陰影下，閱讀是沉澱心靈最好的方法，對於這本書，我的建議是慢慢閱讀，文章看完後，想一想？如果你的心有感觸，那是觸動了心頭上的弦，你的心唱起歌兒了，這時就好好地聆聽你的真心唱了什麼歌吧！雖然這些故事經過改編，但原始的愛、恨、情、愁都在，讀後，你會發現他們同你、同我，都是一樣的。

親愛的6c 精神科書寫

CONTENTS

個案情事

心如工畫師

親愛的6c

極簡的書寫

親愛的6c 精神科書寫

腦中奇想

腦中奇想，是講腦子裡各種奇奇怪怪的想法，而這種想法，有時是虛幻的，當這樣子的虛幻困擾到他人、自己，影響到社會功能時，就得注意了。腦中奇想不探討「病」，病應該是交給醫師治療，這裡只想要呈現腦中的奇想到底在想什麼？

精神狂想

幻覺來的時候，就像充滿心的欲望，它不理會時間、不理會空間，單憑一個感受就能讓人快樂；單憑一個感受就能讓人痛苦，單憑一個感受就能讓人懷恨……

「思覺失調症普遍的症狀是聽幻覺、視幻覺。」穿著白袍的曉榮對眼前的患者——阿鄲說明什麼是思覺失調症。

阿鄲坐在曉榮的左前方，低著頭，曉榮與他成九十度的斜角。阿鄲抬起頭看了曉榮一眼，隨即又低下頭，右手撫摸著左手臂上一條條的刀痕。

曉榮看著阿鄲的疤，緩聲說：「我說一個故事，有一個電工，他的工作是爬上電塔維修電線，經常要在山崖中工作。在蒼勁的峻嶺，山風呼嘯，他看見一隻飛鷹盤旋，聽到一個聲音，從天而降，命令他變成老鷹。有一天，他在電塔上又聽到這個聲音，於是一躍而起。只不過他沒飛起來，而是摔斷了腿。」

「那真的是十分嚴重。」

「精神疾患就像是生理上的病痛一樣，有病就要去醫治，但是得到思覺失調症的人要意識到自己確實生病了，有的人要花很長的一段時間才知道自己生病了。」

「花了一年，我終於知道每天要我用刀在身體上雕塑的人並不存在。唉！」阿鄲嘆氣。

阿鄲想起一年前每當深夜時分，在他房間就會出現一位教雕塑的女老師。用她修長的手拿著刀教他人體雕塑，搞得他的身上一片「紅」！阿鄲卻甘之如飴。直到有一天，那位女老師進到阿鄲的房間，「阿鄲。」

「老師，妳來了。」老師的手溫柔地撫摸阿鄲的臉。

「想我嗎？」

阿鄲點點頭。

「把我刻在你的大腿上。」

阿鄲拿起美工刀，細細地，深深地，在腿上一筆一畫，紅血流了滿地。阿鄲的母親進到房間尖叫著。阿鄲在癡癡笑著。他的家人趕緊將他送到我們醫院急診。曉榮半夜被急診護理師通知到急診室，他評估阿鄲後，立刻將阿鄲送到精神科6C[1]急性精神病房。

住院之初，阿鄲在主責護理師——慧卿護理師面前，將曉榮開的藥一顆顆地吞入口，回到病房又將它們吐進馬桶沖掉。原因是吃了以後，阿鄲的行動遲緩，鎮日昏睡，更重要的因素是阿鄲思念女老師。吃藥，她就不會出現。那天深夜她又來了，在阿鄲的病房。斗室間只有兩人存在。女老師膚如凝脂，一彎淺淺的微笑，吸引阿鄲。老師用她纖纖的柔荑，握住阿鄲的

[1] 位於本院C棟六樓，簡稱6C。

手……在動刀的剎那，慧卿、保全人員破門而入，發現全裸的阿鄲正企圖割腕，於是約束阿鄲，送入保護室。

這事兒上了異常事件，檢討用藥的流程，改進措施是阿鄲必須在護理師的眼前，完成用藥動作後，喝水下肚。

曉榮加重藥劑，一個月後，未見效用。阿鄲仍有幻覺，曉榮決定以ＥＣＴ（Electroconvulsive therapy）[2]治療。阿鄲前一晚十二時以後不能進食，治療前要排空尿液。電擊時必須要換上寬鬆衣服，除去身上所有的附著物，躺在病床上，慧卿固定阿鄲的頭部、下顎、腰部與主要關節，穿上紙尿褲，口中咬著咬合器。阿鄲在病床躺著，一切就緒。

曉榮說：「阿鄲，我會以二十至二十五安培，七十五到一百五十伏特的電量，對你的身體通電。」語畢，開始了ＥＣＴ的程序。隨後阿鄲發癲了，全身痙攣，然後是持續攣縮，約過二十秒到三十秒後，逐漸減低電流，此時阿鄲昏迷了。阿鄲作完ＥＣＴ後，很多事情他都記不住，煩惱沒了。他心儀的女老師不見了。胸椎脫臼，痛苦了一段時間。

「原來以前都是我自己的幻覺呀！」

「你不錯了，瞭解到自己的症狀。」曉榮微笑。

「如果一直都不治療會怎麼樣？」阿鄲有些惆悵。

[2] ＥＣＴ指電器痙攣治療，經由電擊精神疾病患者的腦部，誘發痙攣，以達到治療的療效。

「嗯！這個問題很好，我再說個故事給你聽。有位個案——小陳，在外島服役，他和同梯的弟兄說他在高雄認識了一個女友，進展很快，每天都要與她通電話。有空就打。早也打、晚也打，只要不是操課、出勤，你就會看見他拿著手機，情話綿綿後，小陳的臉總是憂心忡忡。其他人向輔導長反映，輔導長約談他，原來小陳的女友懷孕了。長官將他的假重新調整，讓他可以回去高雄看看。該收假的時候，小陳不搭飛機，特別改搭夜船回部隊，想多多陪她。開航的時間到了，他越來越焦躁，異想天開地打了一通電話給船公司說：『船上有炸彈。』所有的旅客下船，重新安檢。船延誤了兩個小時，確定無事安全後才開航。到了外島，一下船，憲兵直接將他帶走。問訊偵辦後，法官將他判刑入監，並強制精神治療。」

「小陳是怎麼一回事？」

「原來他的女友都是他腦海中的幻覺。」

「懷孕，那得做愛……才行啊！他怎麼做的？」阿鄲好奇地問。

「那你上一回，不也差點與你心中的女老師發生激情了嗎？」

「唉！別提了！」

「哈哈！你若是覺得好奇，你可能得問問當事人了。他現在也在6C療養，有機會你可以遇得到他。」

曉榮聽見開門的聲音，慧卿拿著藥杯進來了。

「下回記得來複診。」曉榮對阿鄲說。

曉榮看著阿鄲起身走過慧卿的身旁時，他點頭致意後離開了。

「時間到了，今天覺得如何？」

「還好，有進步了。」曉榮看著一張空白的A4影印紙。

「你在看什麼？」

「阿鄲的診斷病歷。」

「看完了嗎？」

曉榮點點頭。

「那我要把它收走了喔！」

「護理師，等等，我簽個名就好了。」慧卿起疑心想：「曉榮的筆不是因為幻覺的女友要他自殺，被交班護理師收走了嗎？」她走近曉榮的身旁細細觀察，看見曉榮以手代筆，簽了名。接著曉榮將阿鄲的病歷交給慧卿，一張空白的紙。慧卿微微笑，收下後，溫柔地說：「吃藥前，我先確認你叫什麼名字？」

「陳曉榮，人家都叫我——小陳。」

「嗯！你現在將這兩顆藥吃了。」曉榮吞藥後，將慧卿遞給他的白開水一飲而盡。慧卿離開了，鎖上保護室的門。

曉榮看著鐵窗，外面是好寧靜的街弄小巷，空蕩蕩的，遠方有青山、稻田，陣陣吹風帶來清香，曉榮背對監視器，深深地吸了一口氣，大力咳了兩聲，咳出兩顆圓滾滾的白色藥丸，曉榮心想：「下次阿鄞複診時，一定要好好地聊聊。」接著曉榮手握藥丸，伸出鐵窗，將藥捏成碎粉，藥粉隨風飄逝。曉榮張開他的手，讓風拂過。

綑綁

年少時，我常看到星星在我的頭頂上直轉喲！

我的眼睛被這景緻吸引住了。黑夜的幔布上綴了點點星辰，「一顆、兩顆、三……四……五……」，這已經是美到了頂點，之後將慢慢消逝。我經不起美麗消逝，憂愁起來了，那股感覺慢慢變成難過，再來就是哀傷了。我的心生起失望，下起雨，心頭上微微閃閃的燭火，被雨點澆息了。這是我的美麗與哀愁，也是我的異象感。

我在這家醫院精神科慢性病房住了一年。醫院很偏僻，後方是青山，前方是稻田，還有火車不時穿越過田野。我進來的原因是因為三年前，我老是看見一些怪異的東西。走在大街上，會突然冒出一個人，只剩半邊臉，不然是就斷胳臂、斷腳，全身血淋淋的。

我躲在家中，待在房間裡三個月。家人知道了，覺得嚴重，我的老媽還特別到天后宮求籤，得到靈籤第二十籤丁卯——

前途功名未得意
只恐命內有交加
兩家必定防損失
勸君且退莫咨嗟

解籤老師聽到我媽的說明後，勸我媽：「快點把妳的孩子送到醫院。」老媽與老爸商量後，打了一通電話給療養院，他們派救護車把我帶走了。

在精神科醫生談之前，先由心理師為我做評估測驗。那傢伙是個大塊頭，在測驗前，一臉皮笑肉不笑，「你現在的感覺是什麼？」

「什麼感覺……」我心頭很不爽，語略帶怒意，「當你看見那些東西時，會有什麼反應？」

「你說的『東西』是指什麼？」

「無臉、斷手、缺腿的……」我張開口想說出「鬼」，卻講不出來，因為在他後方出現了一位半透明的紅衣女子，慢慢轉過頭來，懷裡抱著嬰兒。她舌頭微張，脖子是黑色的勒痕。

「你……你……後方有一個女人……」我顫聲說。

「你能不能說一下她的樣子？」我定下心來，說著她的模樣，結果發現心理師，緊緊抱著裝著測驗量表的黑色皮箱，臉色轉為慘白。

「你胡說些什麼？」

「不是胡說，我感應到她要對我說的話。」我定下心，好好地感應那個女人所要表達的，「她說她是你的女友……為你拿過小孩。」

那位心理師一臉驚訝。

「你好狠，她跟了你七年，你移情別戀……她說……她是為你自殺的。」我語氣充滿驚駭。心理師嚇得講不出話了。那個女子由透明慢慢變成半透明的實體，可以觸摸到她的慘白肌膚，她面露兇惡，眼睛看到桌上的杯子，她想拿起來砸向心理師，我感應到「恨」，感應到「殺氣」，她要讓心理師死。我的心告訴我，不能讓她搶走杯子。我一個箭步，先拿起杯子，將它高舉，不讓她搶到手……心理師嚇得躲在桌底。急忙中，掉了一隻鞋，他還沒穿襪，赤足抱頭，緊張到口吃，「救……救……救命……呀。」突然警鈴大作，保全警衛衝進來，把我架住了，我對保全吐口水，正中他的眉心，他火大了，私下踹了我一腳，痛得我彎下腰。接著一群人把我架到急診室，我轉過頭看到那個心理師整個人發抖無力地坐在診療椅，面色蒼白，而那個女子竟飄向我。我大叫：「啊！」後來我被約束在床，護理師注射鎮定劑後，我昏昏睡去。

我之所以會見到這些東西，是有原因的。容我慢慢道來，我一直醉心於中國的古物，在大陸住過一些日子，美其名是經商，實際上是盜墓。五年前那一晚，我同我的伴，進入了秦王的陵寢，掘墓的辛勞與過程都不重要了。因為我找到了傳說中的和氏璧，就是讓秦王想用十五座城池換的璧玉，就是讓藺相如在眾大臣面前誓死要砸碎的和氏璧。我的同伴在出墓不久後，就車禍身亡。現在就只有我一人擁有這璧玉。興奮難以言喻。

有一天一位留著髮髻的老先生跟著我，活像個秦俑，「年輕人，小心啊！物歸原主，不然就讓它消失，否則這些人會找上你的。」

「你說什麼？」我困惑地問。

他滿臉的詭異微笑，「好自為之，千萬別讓它綑綁你……哈哈！三年後的今天它會碎掉……」

說完後，老先生快步離開，我根本追不上他。

「千萬別讓它綑綁你。」一直在我腦海中迴響，不過要我物歸原主，要我摔了它，「嘿！嘿！這是我的心血，我辦不到。」三年前在發病的日子，除了可以看見那些鬼之外，還有一個祕密，那個才是真正讓我沉醉不已的境界。

那時我用黑色的壁報紙，貼在窗上，房間成了暗房，和氏璧隱隱發光，淡淡的綠、淡淡的琥珀，天空是漫天的星星。歷史上的情節，活生生的……秦皇、漢武，一齣齣好戲都呈現在我眼前……我怎麼會捨得丟了。

來到療養院，我費了好大的力躲避檢查，才讓它陪在我身邊。為了擁有它，我忍受了一切。一年了，我表現力求良好。終於通過醫生的診斷，我只要定時回來看診就行了。我告訴自己：「這璧玉我得好好保護，因為今天就是那老人家講的日子，我將它包好貼著肉藏在腹中。」

我的女友親自在大門接我，路邊花草繁茂，原野的香息在空氣中浮動，我牽著女友的手，走在午後的鄉道上。醫院活像牢房，我好久沒碰女人了，我感受到暖暖的手，心中一股慾燒起來了，四周無人，我狠狠地狼吻她的唇與舌……女友的手也不老實地觸碰到我的敏感處，溫柔地捏著，時鬆時緊，我感覺那兒脹得好滿，頂著牛仔褲。

「咦！這是什麼？硬硬的……」女友突然問我。

「妳知道的……」我心想她在假裝什麼？我得找個隱蔽良好的地方。我環顧四周，前方有片竹林，一股慾念直衝腦門，我顧不了那麼多拉著女友的手，「走，我們到竹林去。」

「等等。」她又將我拉回來，「你的肚子上是什麼東西？硬硬的！」女友好奇地隔衣摸著玉。

「沒什麼。」我趕忙抱著肚子。

「讓我看看。」她拉開我的衣服。

「啊！不行……不行……」

就這拉扯中，璧玉摔碎在我的腳前。綑綁解開了，異象感消失。我彎下身子拾著片片碎玉。茫然起身，天漸漸暗黑了，嘩啦嘩啦的聲音，天上的星辰全落下來了，夜空黯然……少年時的憂愁又來了。我不禁悲愁起來了，精神瀕臨到崩潰的邊緣，在孤獨中，我聽見我的心在哀傷地哭泣。

悟

「道可道，非常道；名可名，非常名。」

老子《道德經》中首章一開始就說，道、形不是用說的，而是要用感受的。就像是諮商過程，當個案的情緒剪不斷，理還亂的時候，只能用同理心，用心去感受，感受到對方。你可以不同意，但一定要同理。

以下是我的個案故事……

臺灣的東部得天獨厚擁有高山、田野與海洋。畢業後，好不容易考上心理師的我愛上這兒的寧靜環境。這兒不需要冷氣、電扇，風自然就可以吹進來，沒有太多人工的東西。我一點一滴打造我的工作室，位於山麓，山上是大悲寺，我經常去那兒頂禮膜拜。

心理師當久了，看盡人生。人生就像是一場拖拖拉拉的戲，有精彩的、悲壯的，也有無奈的。看著個案的人生戲劇，如果沒有心靈的寄託，很容易就會枯竭了。

玟偉是我的個案，第一回他來的時候，一直保持沉默，對於我視若無睹。他的症狀是厭食，瘦得皮包骨。東部風大，真擔心，風一吹，玟偉就會跌倒了。玟偉是父母強迫來的，一般而言，非志願個案通常對於心理諮商會十分抗拒，除非生活走不下去，否則他們是不願意談的。東部的人情溫暖，熱心的里長發現玟偉因為血糖過低昏迷，緊急送醫急救，之後醫院當作自殺個案處理，住精神科一段時間後，出院了，父母覺得玟瑋需要心理諮商，就帶來我這兒了。

這一次是第二回諮商，他就坐在我的斜角，低著頭玩弄他的手指。接著玟偉緊抓著抱枕，把它當成盾牌，伸手到他的口袋拿出手機，滑弄起來。

「玟偉，諮商時是不能玩手機的喔！這是我們的約定。」

「咳！咳！」他乾咳了兩聲，接著又收回口袋裡了。

依然是沉默的。「沉默」代表著抗拒、沉思……這時候心理師得耐住沉默的焦慮。

靜！靜得只聽見時鐘的滴滴答答……驀然，大悲寺傳來悠揚的鐘聲，玟偉轉過頭，看著窗戶。這兒的諮商室，是經過特別設計的，窗戶打開後，自然風吹來，在這小小的斗室內，可以感受到微風輕拂面頰，我和玟偉沉浸在這鐘聲。

我想起在十七世紀中葉，天主教認為禁食是一種聖者的行為*，當時禁食是一種風潮，演變到最後就成了厭食。「你有宗教信仰嗎？」我打破沉默。

玟偉頭低著，搖搖頭。他總算給我了回應。

「你的意思是沒有？」

「沒有特定的宗教，但我相信冥冥之中有個主宰。」玟偉的話聲如細蚊一般。

「你的人生之中也有主宰，那是誰？」

*聖經記載耶穌曾進行四十天禁食。早期的基督徒認為暴食是一種罪。

「悟！」

我聽成了「無」，玟偉惜字如金，我思考了一會兒，想要確認他的的內在想法，「玟偉，你指的是虛空的『無』嗎？」

玟偉搖搖頭，再說了一次，「悟！」

「是悟道的悟。」我聽出來了。

玟偉點點頭。

「悟？什麼是悟？」我好奇地問。

「你若查字典，它會告訴你，悟就是明白。」

「悟是如何影響你？」

「悟有許多種，有大悟、覺悟、領悟，許多人因為悟而重生。」

「悟使你的想法改變了嗎？」

玟偉的話匣子打開了，「改變是必然的，就像道教中的八仙過海……」我想到了成功的三仙臺與長濱的八仙洞。玟偉繼續說：「皇親國戚，士農工商，悟都會平等地對待他們，無論貴賤貧富都可以成仙……」

聆聽他的話語，我想起年輕的歲月。我一直追求著道，想瞭解我自己，想探索我自己，於是我參禪，開始打坐，一有空就去大悲寺。那時我深深感覺到任何一個生命都沒有權利殺害另一個生命，我開始茹素。我的伴侶戲稱我是不是要出家了，我也要求伴侶陪我打坐，只不過每一次打坐，他就像是有蟲爬上身子似的，坐不住。有一回還打呼睡著了，流口水。我覺得生氣，但又覺得莞爾。後來也不知道是發生了什麼事？彷若是在一念之間，我又開始葷食。最近認識一個新的伴侶，總算願意聽聽我，我要他等我三十年，三十年後帶他修道。他竟然說：「好！」

玟偉說完後，我好奇地問他：「你說說你的悟是什麼呢？」

「我說不出他的形體，就像古人一直對龍沒有定見，但我知道悟是存在的。」

「你是說我們看不見悟？」

「應當是說人類只有極少的人才能感受到悟，他不容易現身，所以感官上是難以感覺到悟的。」

「你能不能說一說，是什麼原因讓人在感官上感受不到悟？」

「悟會讓人做心理的思考活動，如果看、聽、聞就能悟的話，那就不用心理層次的思考了。應該說能看、能聽、能聞是難以進入心理層次的，少了思考，悟就不容易出現了。請注意，我用的是難字，而非不行，有些人是天生的，悟就會來到了。」

我認真地傾聽他的說法。

「光是想，其實還是不夠的，就像是司馬遷下獄受閹割宮刑之苦，發憤寫史，如果他光是想，而不採取行動，也是無法完成《史記》這樣的偉大著作。」

我做了一些歸納回饋，「玟偉，你的意思是悟必須要自己下功夫，要花時間明白這一切的道理，選擇一條適合自己的路，然後身體力行。」

他微笑著點頭。

「這與你的厭食有何關係？」

「我是禁食不是厭食，在禁食中，我的靈魂才有深刻的覺察……我不斷地輪迴，悟一次次地找上我，好像《史記》中的刺客曹沫、聶政、高漸離……這些刺客，悟使他們成了英雄，也讓他們失去了生命，我覺得煩了，累了。」最後他是用一字一字說出：

「我　不　想　讓　悟　再　找　到　我。」

玟偉說：「我常常有種能力，可以讓身子輕得離開塵世飄飛而去，灑脫成仙，過程像極了蟲蛹化為蝶。」

時間到了。我心想這應當是一種妄想。接下來幾次談話，我可以確認是妄想，我沒有排斥他的妄想，誰沒有妄想呢！我與玟偉的關係日益良好，他開始吃飯了。按著準則來講，他的狀況是符合思覺失調症，我的心很矛盾，依照法令我得將他轉介給精神科醫師，我與他討論了這件事。

「為什麼？我們不是談得好好的嗎？」玟偉臉上閃過驚訝。

「我知道……我感到抱歉，這是心理師法的規定。」我看到玟偉透露出無奈的神情，那是一種他願意做，但卻因著外在因素，讓他無法順其心願。頓時我對玟偉有不捨的情懷。

「心理師，沒關係。」他笑笑地安慰我。

他這麼安慰，反讓我的臉頰發燙，生起一股情緒，我覺察到那是羞愧，「玟偉，我和醫師提醒，你回診就好了，不必住院。」我用自以為是的說法掩飾了這個感覺。

玟瑋看著窗外的大悲寺，「心理師，病房內的病友有許多悟道的病友。」微風輕送，他閉起眼好好地感受這個微風。

我建議他的父母，將玟偉轉診給精神科醫師。我的心頭微悵。幾個月後，我收到他寄的明信片。玟偉的字跡端正秀麗——

心理師
我住院了，別擔心我
有的醫師只會開藥
有的心理師只會測驗
而你是唯一願意聽我說的人
在人類的歷史，悟一直跟隨著人
遺憾的是只有宋朝的歐陽修，聽過他的聲音

唉！夜風微微，我想到與玟偉會談時的點點滴滴，找到塵封已久的《古文觀止》，打開歐陽修寫的〈秋聲賦〉——

歐陽子方夜讀書，聞有聲自西南來者，悚然而聽之，曰：「異哉！」初淅瀝以蕭颯，忽奔騰而砰湃，如波濤夜驚，風雨驟至。其觸於物也，鏦鏦錚錚，金鐵皆鳴，又如赴敵之兵，銜枚疾走，不聞號令，但聞人馬之行聲。……

草木無情，有時飄零，人為動物，惟物之靈，百憂感其心，萬事勞形……

讀完後，我看著大悲寺。燈火，倏明倏暗地亮著。

人的存在？

最近我看了存在哲學的東西。讓我訝異的是，人是被拋進這世界中的。

「我是誰？」

「我現在在哪裡？」

「我要往何處去？」

這人生的三大問題不斷地在我腦海中浮現。晚上，我翻閱年輕時的日記，竟然也出現類似的問題，這些問題已經由年輕時困惑到現在了。我覺得一切都很虛，一切都很空。就像《聖經・傳道書》中所言：「光天日之下所作的事情，一切都是虛空，一切都是捕風……」

天啊！虛空若此，人要倚靠誰呢？愛人嗎？父母嗎？朋友嗎？虛空不斷地擴大、擴大……慢慢變成憂懼了。我要抓住東西，抓住一點光……在這幽暗的斗室中，我回想著在人群中，在一群稱之為「我們」，似乎有了倚靠，其實不然，那仍然是一種虛空。就像當你在看電影時，表面上是「我」在看，可是那卻是我們共同欣賞的片子，一致的判斷，一致的想法，我便隱身在「我們」之中，而我仍然是虛空的。

我想得疲了！

我想得倦了！

雙眼慢慢闔上……夢，一個夢浮現，我看見一位女子和一位男子，他們身著皮衣踽行在廣漠的大地。夕陽拉長了他們的身影，回首已見不到那個樂園了。未知的茫然像夜一樣，慢慢罩在他們的身上。

他們回想起那個園子。

伊甸園，是上主為亞當建的園子，祂怕亞當寂寞，為他造了一位女子，上主交代：「所有的水果，你們都可以吃，只有分辨善惡的樹與生命樹所結的果子，你們不能吃。」

蛇盤在善惡樹，牠看著那女人慢慢地走近，爬向枝上，吐信說：「妳就是上主用亞當肋骨所造的女子。」

女子笑了一笑說：「是啊！」

蛇爬進了綠葉中，女子看見樹上一顆顆新鮮、嬌豔的果。牠倏地出現，「妳想吃這果嗎？」

「不行，上主交代這是禁果，吃了，會死！」

蛇吐信，「你們不一定會死，上主是擔心你們吃了之後，有了知識，可以辨別善惡，就像祂一樣。」

「分別善惡？」女子疑惑地問。

「是的，那是一種自由，妳知道善惡之後，可以作出選擇，不必再依賴上主了。」蛇詭譎地笑著，「那時妳就具備像上主一樣的能力。」

女子伸出手撫摸這果實。

「妳聞聞！」蛇誘惑著。

「好香唷！」女子說。她摘下一顆，咬了一口，細細地咀嚼……

突然間，在樹邊的池子映出一位美麗的女人，豐滿的乳房，潔白的玉體。

「妳看妳是如此的美麗。」蛇說。

「是嗎？她是我嗎？我以前怎麼都不知道！」她為她的裸體赧然，編織了樹葉遮身。

「亞當來了。」蛇說完後，吐信躲起來了。

「親愛的，妳身上是什麼東西啊？」

「那是我用樹葉編的。」女子回答。「快嚐一下這果。」女子摘了一顆果實，遞給亞當，但亞當沒收下，「上主不是說不能吃嗎？」

「我吃了，沒什麼事發生，我只覺得我需要東西遮身而已。」她將果實交到亞當的手中，亞當咬了一口，覺得美味。吃完後，看著女子，覺得她好美，感覺一股慾望像火在體內燃燒，亞當深深吻了女子，抑制不住心中的慾念，化作汩汩的流水……水與火的交融，在最後的剎那歸於寧靜。

蛇不斷吐信，詭笑地穿梭在樹叢中。女子為亞當也編織了葉衣，為他穿上。起風了。他們感覺到涼意。

「亞當，你們在哪兒？」上主的呼喊。

突然間，他們覺得害怕，這是以前從沒有的感覺，他們緊緊地握著手，躲在樹林中。

「快回答我，你們在哪裡？」

「我在園中聽見你的聲音，我害怕，因為我是裸體的，我不好意思便躲起來了。」亞當顫抖地說。

上主發怒，「誰告訴你：『你是赤身露體的』呢？難道你吃了善惡樹上的果子？」

「是……是……與我同居的女人，她把那樹上的果子給我，我就吃了。」

上主怒斥那女人，「妳為什麼要這樣做呢？」

女人全身發抖，「蛇引誘我，我就吃了。」

上主憤怒地吼著，聲音響遍天際，如雷一般，「你這蛇既作了這事，將受咒詛，比一切的牲畜野獸還不如，你必用肚子爬行走終生。」接著對女人怒吼：「我要多加增妳懷胎的苦楚，生產時必多受疼痛．妳對妳丈夫有欲望，而妳丈夫要管轄妳。」又對亞當說：「你聽妻子的話，吃了那樹上的果子，你必汗流滿面纔得糊口，直到你歸了土為止，因為你是從土而出的，你本是塵土、仍要歸於塵土。」

亞當發顫，「我愛我的女人，為這女人起了名，叫夏娃，我希望她生養眾多。」

上主為亞當和夏娃用皮子作衣服，給他們穿。擔心他們有知道善惡的能力，會吃生命樹*

*《聖經》中在舊約〈創世記〉第三章二十二至二十四節提到，耶和華神說：「那人已經與我們相似，能知道善惡；現在恐怕他伸手又摘生命樹的果子吃，就永遠活著。」耶和華神便打發他出伊甸園去，耕種他所自出之

的果子，就永遠活著，於是把他們趕出去了，在伊甸園的東邊安設基路伯，和四面轉動發火焰的劍，要把守生命樹的道路。

亞當與夏娃垂淚立在門口，上主吼著，「走吧！走吧！離開這裡！」他們想再回到樂園，驀地火焰像劍一般地砍了過來，點點餘火閃在天際，幻作成詩，我細細讀著：

蛇語

咬一口
善惡樹的禁忌
甜蜜的味道滋潤口腔
從舌尖滑過
蛇語：「吃了之後，你們的眼就亮了。」

夏娃亮了眼
亞當亮了眼
甜蜜釀成酸澀

土。於是把他趕出去了；又在伊甸園的東邊安設基路伯和四面轉動發火焰的劍，要把守生命樹的道路。

滴落到嬌紅的蘋果
想再滋養
無條件的愛
無條件的喜悅
與　無條件的永恒

那條蛇滑過生命樹的禁忌
在大門深鎖的伊甸園內
蛇語：「吃了生命樹的果，眼不只是會亮了，還有……」
吐著信
細小的蛇眼看著
夏娃
亞當
遠逝的背影

隆隆雷聲傳人，將我自夢中驚醒。不見了亞當，不見了夏娃，不見了蛇與伊甸園，天空是黑暗的，只有一輪明月，照在我的心底事上頭，原來人吃了善惡樹上的果實，就開始有了自我意識。變成獨立的個體，與大自然合一的狀態分開了，我只能向前，渴望生命，但是生命樹的果卻被錮鎖。人終究一死，在生與死間，尋找意義。就像被逐出的亞當、夏娃，只能前行，由自己去找出生命的意義。而我是一個在大地踽行的靈魂，當我找到時，一切就安頓下來了，我們相信在尋找的過程中，足跡會留下、意義也會留下……

明月星稀，涼風陣陣地吹著……

夜遊

科裡的社工師在群組傳訊：「報告主任，衛生局的個管通報，阿右要送來本院急診。」

「好的。」主任回。

「阿右的爸爸對於上次住院的約束經驗有微詞，這次考慮要送別家醫院，我對衛生局個管表示：『尊重家屬意願』。」社工補充。

「不強求，一切隨緣。」

一小時候，社工師傳：「阿右被拒絕收治。」

「怎麼一回事？」

「友院滿床。」

「立即收治，請護理師準備收案。」

阿右的主責護理師——惠珍，是位美麗的護理師，一雙大眼，有陽光的膚色，是布農族美女。她告訴我：「阿右，布農族，是個啞子，已經成人了，行為卻像孩童一般，智能有障礙，常常晚上不睡覺，到處跑，有一回夜半時進了山裡，落到涵洞。整個部落動員入山尋找，終於找到阿右，還好只是輕傷。」

「為何阿右會在夜半時到山裡？」我問惠珍。

「主要是一年前打耳祭*時，阿右的爸爸讓阿右的表哥帶他進到山裡。打耳祭是布農族小孩子成長最重要的祭典儀式，也是狩獵能力的訓練。那一回表哥獵得山鹿，被族人視為英雄，阿右也感到光榮。從那時起阿右一到夜間，就往山裡夜遊，造成爸爸照顧的困擾。」惠珍繼續說：「上次是阿右第一次住精神科，常因躁動，被主任下令約束送進保護室。有一次約束過程，被阿右的爸爸睹見，保全警衛、男性醫事人員，幾個大漢壓制阿右。」

「難怪阿右的爸爸會抱怨。」

「主任特別花時間解釋，這個是治療的一部份。」

我在想阿右的爸爸是心疼阿右。但整個精神科為了阿右還請懂得手語的同仁，每天晨會時

*又稱射耳祭、Ma-naq-tainga、Ma-naq-titi，約於四月至五月間舉行。

作手語教學。媒體記者知道了，透過公關室專訪精神科。地方電視臺、原住民電視臺的記者都報導：「為病友學手語，精神科醫事人員總動員。」電視新聞的畫面是記者採訪主任，主任表示：「最初評估阿右，考量到無法用言語溝通，一度不打算收治。後來我心想不收，病情只會惡化。於是收治阿右入院治療，這是他第一次住進精神科病房。」主播強調：「為了和阿右溝通，精神科主任特別請手語老師，在晨會教授手語。」隔天各大報的地方版都登了我們精神科學手語的新聞。還拍攝惠珍比出右手握拳，伸出大姆指，抵住在上面的左手掌心，阿右則是打上馬賽克，報上說明：「護理師對阿右比出『乖』的手語。」

阿右的爸爸看到新聞報導後，感謝精神科對阿右的照顧。我記得有一回病友卡拉OK歌唱活動，阿右躁動起來了，比著手語，表示要回家到山上，吼著不成調的音，聽得出來是「爸爸、爸爸……」護理師們忙著安慰，保全警衛已經準備好約束帶。這時傳來病友點唱的〈千風之歌〉，躁動的阿右眨巴著眼，聆聽後就安靜下來。

主任還打趣說，「以後同仁就常常唱〈千風之歌〉……針藥、約束就免了。」

那天我到病房看到阿右，我用右手食姆指，比出愛心。他也回應我一個愛心，笑得很開心，轉過身回到病房。我看著他的背影，心中生起了一些畫面，於是就串起了〈夜遊〉、〈千風之歌〉還有黑熊的故事。

夜遊

記得那一天晚上，伸手不見五指，天氣悶熱。我一個人背著背包一步步走在羊腸小徑的山路，樹筆直地指向天際，陣陣蟲鳴，偶爾飛來幾隻螢火蟲。我僅靠著微亮的手電筒照路前行，渾身悶得發汗。走著，走著，突然下墜。

「哎呀！」我大叫一聲。頭好痛，昏了過去。也不知過了多久，醒來後，我感覺這裡是一個涵洞，應該是連著幾天下雨，地質鬆軟，才讓我跌了下來。洞裡是黑黝黝的一片，我試著爬上去。可是太高了，體力盡失，沒法上去。我想，山青會來救我，起碼在這黃金的七十二小時，他們會忙著救人。急也沒用，我就好好享受一個人，享受這份一個人的孤獨，這也不見得不好，現在就覺得好靜喔！宇宙之間只有我一個人而已，我已經置身在永恒之中，這就是孤獨的妙用吧。我想起了唐朝詩人陳子昂的〈登幽州臺歌〉——

前不見古人
後不見來者
念天地之悠悠
獨愴然而涙下

子昂還會落淚，可是現在的我卻是前所未見的安寧，甚至有些許的喜悅。時間停止了，功名利祿都消失散了。只剩下「我」，一個單純的我。我看著洞口，一會兒亮，一會兒暗。亮是白日，暗是夜晚，就這樣昏暗—明亮—昏暗，一天過去了。再一個昏暗—明亮—昏暗，又是另一天過去了。從洞口看來這幾天的天氣，似乎陰霾的多，晴好的少。太陽一直在雲後昏睡，有時探出了頭，讓我可以從洞口看見它，但它卻像一枚古老的銅幣，鏽得斑斑駁駁，顯得黯然，不一會兒太陽消失了，幾片灰雲，緊緊地貼在洞口，沉沉地飛不起來，重重地壓在我的心頭。晚上還下了雨。幸好，在這兒黑暗中，有我可以藏身的空間。

體力恢復得差不多了。我決定要爬出去。終於在若干天後我出了洞口。可是我找不到我的裝備，想必是搜救隊收走了吧！我在山中森林到處遊蕩，竟然不會有累的感覺。梅花鹿、蒼鷹，樹的陣陣清香，生命原來可以這麼快活。

眨眼間，我看見了黑熊，那隻跟在熊媽媽的小熊，好可愛！我慢慢接近牠，牠彎下腰，盯看我的雙眼，熊媽媽那雙大而有靈性的眼，呈現透明的深褐色，牠淺淺咆哮著，聲音轟隆低沉，我的心異常地平靜，看著牠，我心起疑：「牠會不會咬我？」牠持續地低吼著，我傾聽牠的聲音，充滿了母性的關懷，恐懼感悄然消失，陣陣的低吼聲打進我的心房，牠靠得更近了，我可以感受到熊媽媽呼吸的氣息，我知道牠不會傷害我，原先的害怕、擔心一掃而空。我的心怦怦跳著，那是一種期待，不同物種間的期待，我與熊媽媽四目交會，我細看牠的雙眼充滿了母性的光彩，我感受到牠要傳遞的感情，竟然是如此地強而有力，我伸出手，熊媽媽突然將小熊抱給我，哈哈！熊媽媽知道我的想法，一時間我竟然激動地流下淚來了。想想有時「人的話」彼此都聽不懂了，此刻「話」卻是多餘的，原來「心」的溝通可以這樣毫無障礙。

就這樣，我快樂地在山林中過日子。

「小光啊！回家吧。」那是小胖的聲音。

「小光，你到底在哪兒呀？」小陳來了，我看到阿禎了，「阿禎也來了。」她四處張望，阿禎那雙湖一般的雙眸，閃著淚水，映出瀲灩的波光，阿禎連哭都是這樣地美呀！

我抱著小黑熊，「你看阿禎很美吧！」

小黑熊哇哇叫著。

「她就在那兒。」

小黑熊仍然叫著。

「別叫了，我告訴你是哪一位。」我指著短髮、圓臉，可愛的女孩子，她正用手帕拭去眼淚，「擦眼淚的那一位就是阿禎。」我自語著，「他們怎麼都紅著眼，啜泣著。」

小黑熊發出低沉的吼聲。

「鈴！鈴！……」怪！還有道士在搖鈴，很不協調地打破了山野的安靜。此刻間，我明白原來我死了。

「小光啊！回家吧。」他們哀戚地陣陣呼喊。熊媽媽站在林子中。我招招手，牠猛然跑了過來。他們一見到熊，嚇得跑掉了，道士大叫：「阿娘喂……黑熊！……」鈴掉在地上，忘了帶走了。熊媽媽，讓我坐在牠的肩上，像個小孩一樣。我看著他們慌張、害怕與閃避的神情。

「唉！」我突然想起〈千風之歌〉的詩句——

請不要佇立在我墳前哭泣
我不在那裡
我沒有沉睡不醒
化為千風
我已化身為千縷微風
翱翔在無限寬廣的天空裡

陽光、森林，一株株參入天際的古樹，熊媽媽正踏踩過道士的搖鈴，將鈴鐺踩在牠厚實的熊腳下。我坐在熊媽媽的肩上，回頭一望，只見滿眼的金色陽光將山林、田野，塗得一塊金黃，一塊紫紅，飄起了炫麗的幻象。

〈夜遊〉寫完後，我用LINE傳給惠珍。一小時後，惠珍回傳：「你的文字有畫面，像是看電影的分鏡一樣。」她又傳給我一張月夜照片，圓月散發柔柔的月光，月明，星星就少了。惠珍說明這是布農部落的月圓之夜。

我回傳一個讚給惠珍。接著我隨意瀏覽網路，看到前些日子，記者採訪精神科的報紙，找到惠珍對阿右比出「乖」的手語，惠珍戴個黑框眼鏡，淺淺地微笑，散發著愛心，充滿了陽光般的溫暖。

美麗的惠珍曾告訴我布農族與臺灣黑熊的傳說，「很久以前布農族人種植小米，神奇的小米一粒米就可以煮上一鍋飯，食物十分豐足。有一天一位婦女為了方便，煮上整串小米，熟好的小米飯膨脹溢滿到鍋外，還在繼續，接著從石屋滿出來了。煮飯的婦女嚇呆了，變成老鼠逃離。」

「怎麼辦呢？」

「部落族人除了吃，還能怎麼辦呢？」

「不是每個人都吃得肚子大大的嗎？」

「是啊！每個人都撐飽了，可怕的是小米飯還在膨脹。」惠珍繼續說：「正當族人不知道怎麼辦時，剛好臺灣黑熊經過，躺地的族人見到黑熊，大喊：『來幫忙吃吧！』黑熊很快吃完小米飯，解決了部落的『米災』。此後，一粒米無法煮一鍋飯了，族人必須要辛勞耕作，才能得到溫飽。」

「那可辛苦了。」

「是呀！後來族人代代相傳族訓『Pakasauhzang』（布農族語）。」

「什麼意思呢？」

「意思是族人不可以隨便獵殺黑熊帶回部落，否則小米將很快地吃完，遭受到飢餓的厄運。」

我想像阿右是〈夜遊〉一文的主角，最後描述的景是他坐在黑熊媽媽的肩上，走在陽光中山林裡。我的手機震動了，是惠珍傳一個晚安圖片給我。

天空藍

在精神科上班，八點整開晨會。晨會時，主要是護理交班，所有醫師及專科護理師都會出席，其他職類像是社工師、職能師、心理師必須列席，由主任主持，每個週三會做個案研討，以及臨床教學。6C急性病房的護理師先交班病友的狀況；接著是慢性病房；以前有開設日間病房，護理師會報告今天有哪些病人來到病房，不過現在日間病房關閉了。只有交班急、慢性病房的病友狀況。

交班的護理師報告到6C病友S，「S昨天，把他的藍色上衣洗好，脫水後，鋪貼在地板上。」

「S說什麼？」主任說。

「他說：『把衣服放在藍藍的天空之下，今天晴好的日子，會把溫暖給這件天空藍的衣服。』我說：『這是在室內耶！』他說：『我有能力，可以讓陽光穿越。』」交班理師解釋。

主任思考後說：「S還有一些殘餘症狀，我巡房時，看看他的狀況，再做調藥的打算。」

S，以一般人的眼光看他，會直覺地認為他是個怪人，常常有一些稀奇古怪的妄想，在精神科病房裡面稀奇古怪的妄想總有一大堆。要理解妄想，不是那麼容易的事。首先，你得不怕妄想，接著你要接近妄想，再來你要同理妄想，最後，你得不被妄想干擾，還得保留你的純潔的心。像是S，他老是穿著藍色的衣服，藍色褲子，披著藍色外套。S是男性，是個混血兒，爸爸是美國白人。媽媽是阿美族。爸媽離婚了，由媽媽帶大，「是美國種的阿美族。」他常常這麼說。

原住民族在臺灣是少數族群，S的外觀看不到漢族的模樣，遠觀、近觀都像是個外國人，只有黑色的頭髮，稍稍地有點黑，與你，與我的黑髮相同。S身高一米八。原本他圍個藍絲巾，不搭調地套在他的脖子上。這個藍絲巾，在住進6C病房時，被強制沒收，S不願意，大哭幾回，就被約束幾回，最後接受這個事實，但他還是喜歡穿藍色系的衣褲。我想他披著藍色的外套，有取代藍色絲巾的意味。

而今因為COVID-19的疫情嚴峻，6C的病友們必須佩戴口罩，S要求他的父母買藍色的口罩，其他的顏色S絕不佩戴。到底是為了什麼這麼愛藍色？心理師好奇問S，他總是不理不睬。不然就是顧左右而言他——

「心理師，我什麼時候出院？」

「心理師結婚了嗎？」

「心理師有女朋友嗎？」

有一次，在團體裡，心理師以顏色為題，請大家想個顏色，S選藍色，心理師引導，「S，你選擇藍色是想表達你的憂鬱嗎？」

他搖搖頭。

「好的，藍色讓你聯想到什麼？」

「她！」

「你可以多說一些有關她的事嗎？」

S沉默了。腦海中憶起……

S第一眼看見陌生的她時，那天是個晴天，S看過這麼多晴天，獨獨記得這一天的晴天，在他的記憶裡生了根。那天萬里無雲，天空是藍到極致的藍。

S稍微停了一下，「心理師，如果你們有參加過阿美族的豐年祭，就會知道，當美麗的晴天，充滿熱力的晴天，將陽光灑在年輕的男男女女族人身上，是多麼地充滿活力。」語畢後，

S不語。心理師知道，他正沉浸在過往的記憶——

S在火車站的月臺上，看到她的第一眼，就覺得她竟然比晴天還耀眼，臺東的天空夠藍、夠亮，也不及於她的萬分之一。S藍藍的雙眼似要冒出火，緊瞧著車窗後的她。她的雙眼映出熠熠光芒，充滿聰慧；及肩的秀髮黑得發亮；彎彎的月眉，長長的睫毛；充滿熱情的唇，嘴角上揚，笑得露出平整的皓齒。S的瞳孔映著她的影像，而她的瞳孔也映著S的影像。就這樣互映相望，時間停了好久好久……，等到前方月臺站務人員吹哨制止S，S才發現自己正追著火車跑。站務人員伸手制止跑步的S。S喘息著，最後一瞥，那揚著天空藍的絲巾的女子已成了他的記憶，火車正自他藍藍的雙眼中溜走。

「年輕人你在追什麼？很危險耶。」站務人員略帶生氣的口吻。

S的眼直直瞟向遠逝的火車，說：「藍色不見了。」

站務人員仰望臺東特有的藍天，再看S，心中暗罵：「死阿兜仔，給恁伯裝笑唯。」並且將S趕出了月台。

S所活的世界沒有藍色的她，好像進到憂鬱的繭，他咬不破，出不去。S也無力出去，乾脆在繭子裡又織了憂鬱的繭，繭中有繭，整個人就被憂鬱緊緊包住了，家人覺察到不對勁，送他住院。

「S，你在想什麼？」心理師打破沉默。

S幽幽道來：「那個藍色就是天空的藍，但是從那天起沒有人再相信我的話。他們告訴我：『那是我的幻覺。』我得到的是思覺失調症，又共病憂鬱症。」這是心理師與S會談的經驗。S的心防很重，或者是說他根本就不想說。S有雙迷人的眼睛，像藍天一樣，只可惜時有烏雲出現，遮住了藍天，今天S卻願意讓藍天重現。好像病房的那扇窗，平時是一直深鎖著，用不透明的玻璃隔開了不可捉摸的藍天，今天工務組要施工，很難得打開了窗戶，看得到藍天。

S願意與護理師聊上幾句，「護理師，你知道我為什麼叫做S嗎？」

護理師搖搖頭，微笑坦言：「這……我到是沒想過，我只知道大家都稱呼你S！」

「我是Schizophrenia，S是……」S欲言又止。

「思覺失調症。」護理師語氣匆匆地進一步解釋，「以前的中文譯名是精神分裂症，充滿了誤解與汙名。現在改譯為思覺失調症。」

S聆聽護理師的說明，臉上浮現苦笑。

「護理師，我們的天空是不是裂開了？」

「你看到的天空中出現了裂痕嗎？這個想法是怎麼來的呢？」

「我看見過藍天，自從住進病房後，我發現我有透視水泥天花板的能力。看見的天空，是藍藍的大海爬上了天空，裂痕是藍天和藍海的交接處。」

「你聽得見海浪聲嗎？」

S點點頭。

「還有呢？」

「我也看過夜空，黑暗暗的。」

「S，能不能再多說一些有關天空的想法？」

「天空是透明的流質，是人類看不見的流質……」

「人類看不見……你的意思說只有你看得見。」

S點點頭，「現在我無法確定自己是否能看見它？」S一臉若有所思的神情。

「現在嗎？你剛剛說你有透視能力，那個能力還在嗎？」

「我住在這兒一年了，我不知道自己看見過的天空是不是天空？有時它會碎裂，我就站在碎裂的天空之下……」S苦笑。

護理師直覺S答非所問，於是結束了會談。在支持性心理諮商紀錄寫著，「聽幻覺、視幻覺。」

主任帶著心理師巡房，到了護理站，「今天有沒有什麼狀況？」

「今天S很開心，願意聊天了……他……」護理師回應。

「有進步耶！」心理師插了一句話。

護理師告訴主任，與S會談的情形。

「疑似……Schizophrenia，是嗎？」心理師詢問主任。

「我再看看他的狀況，必要時要調整藥物了。」主任回應。

三位戴著口罩，穿著白色制服的人在白色的護理站，只露出一雙雙眼，一齊將眼神投向

S。S暫在病房大廳，也看著這三位穿著白衣的人，眼神同時交會，隨後S頭低下來。

回到病房後，S坐在床緣，抬頭仰望天花板，白花花的一片，他的模樣就像是徜徉在陽光下，看著藍藍的天空，喃喃：「知道嗎？S……是天空，Sky的S，才是我的綽號。」

工務組施工完畢，那扇窗鎖住了，又隔開了藍色的天空。S在想：「溝通不是那麼容易的事兒。」S起身，把他的臉貼近那片不透明的窗，努力地想透視看到他渴望的……盼望的，亮得透藍的藍色與火車上的她。

我把S的故事寫完後，喝了一杯水，我想著S與那位天空藍的女子，也許她只存在於S的話語中，存在於我寫的文字裡，一位阿美族混血青年與天空藍的女子的奇遇，女子離去了，男主角得到精神病，似乎可以鋪成一則愛情故事。

我將S的故事放在網路上，有網友問：「S的故事——妄想？事實？」

我回覆：「有時，事實會加深了妄想。不過，文學歸文學，在文學裡，自由、自在與自心地書寫，妄想、狂想、胡想、亂想……只要是想，把在『想』的寫出來又何妨呢！」

蘇拉

蘇拉，男，魯凱族，三十五歲，在我們醫院神科病房住了一段時間。

我們醫院的精神科病房區分為慢性病房、急性病房。急性病房收治的病人為具有嚴重精神症狀，有自傷傷人的可能性，難以自理活動，而家人也難以照顧，因此需要醫院的急性治療和全責照護，住院目標是以穩定症狀為主。慢性病房則通常是由急性病房轉介而來，此時症狀已相對穩定，能在一定程度上學習自理生活，並為就業和回歸社區做準備。

蘇拉卻是兩個病房輪流住，在慢性病房住到要出院時，會變得焦慮、焦躁，出現嚴重的精神病狀，就會轉到急性病房。這麼一來一往在我們醫院，竟也住上一段時間了。

蘇拉不是沒有出院回家過，第一次住急性病房期滿後，父母將他接回部落，隔沒多久，他就不吃藥了，經常在部落奔跑高呼：「不好啦！巴嫩要來啦！」

儘管部落裡的族人連巴嫩的影子都沒看過。

他還是會拼命地高喊：「巴嫩要來啦！」蘇拉強調，「只要巴嫩出現，百步蛇就會出現。」蘇拉還有個祕密，他是個超能力戰士，每次巴嫩來襲都被他擊潰了，次數多到數不清。甚至他還會抓蛇，殺蛇。他告訴我：「心理師，我在醫院住久了，吃了藥就變弱了，那個女神就常常來搞我。昨天晚上我一直打嗝，就是證明。」

隔天晨會，我提出了這個狀況。

「蘇拉，是把打嗝的生理現象，連結到他的妄想了。你就多給他點關懷，支持他，鼓勵他好好地接受藥物的治療。」醫師給了我一個溫暖的微笑。

這天蘇拉呆坐在大廳，自言自語，細聽後是蘇拉與巴嫩和女神的對話。

「到底這個巴嫩和女神是誰？」我按捺不住，親自問蘇拉。

「很可怕。」蘇拉肩膀往前彎，胸口後縮，雙手捧腹，眼神顯出戰慄，不願意再多說什麼。

後來，我成立了關懷團體，鼓勵病友加入，彼此關懷，相互支持。我邀請蘇拉參加，設計一些活動，再給他些獎勵與小餅乾。一來我想知道他到底在想些什麼？二來我好奇地想探究巴嫩和女神。

「她們是同一個人，很可怕，巴嫩是個很可怕的女神。」蘇拉拿了獎勵，吃了餅乾，就說出來了。

我暗暗地想：「廢話……你不是從一開始住院起，就很害怕女神了！」

「她出生在頭目的家庭，長得很漂亮，而且很會唱歌，又好聽。有一天巴嫩，跟隨耕作的婦女們上山，在樹林裡迷路……」蘇拉吃了一片餅乾，一邊咀嚼，一邊說：「忽然聽見遠方傳來悠悠的笛聲。當笛聲漸漸清楚的時候，巴嫩眼前站著一位非常英俊的青年。」講完後噴出了餅乾屑，接著他用手指沾起屑片，吸吮著。

「蘇拉，你指的是鼻笛嗎？」我聽說過，鼻笛聲是表達愛戀的樂音。當魯凱族的男子想要對女子表達愛意時，就會對心儀的女子吹鼻笛。

「對。」

蘇拉餅乾吃得急，又太多了……噎了一大口水，「咳！咳！」我趕緊拍他的背，「慢點，別急。」

「咳！咳！」蘇拉深呼吸了幾口氣，「那個年輕人對巴嫩公主說：『我原本是人，但是我的祖先犯了祖靈的戒條，受到詛咒，被貶為蛇族。只有看到心愛的女子，我才會現出原形，妳將是我的妻子，所以妳看得到我的人形……』

「此後，巴嫩常常到山裡和蛇郎約會。有一天，那個年輕人帶了一群人到巴嫩的門外高唱求婚歌曲。巴嫩很開心地看著他們，但家族嚇一大跳，竟是一群的百步蛇，為首的那一隻特別粗大，吐出紅信，大伙立刻拿出刀，要殺蛇。但是巴嫩一個箭步，衝向前，擋在前面，堅持一定要嫁給她的心上人。」

「巴嫩的父母怎麼說？」

「他們心裡頭是一萬個不願意，拗不過巴嫩，也只好傷心地答應了。」

我點點頭，「父母都是疼愛子女的。」

「迎娶當天，一群蛇族浩浩蕩蕩地來到了巴嫩家門口，嘶嘶叫著。只有巴嫩看到一個個人形，和聽到他們求婚的歡樂歌聲。女方家族卻……很無奈，因為巴嫩的父親是頭目，他請長老對蛇群高唱迎親的歌，聘禮一樣也不少。母親哭紅了雙眼，把巴嫩打扮得漂漂亮亮的，她的姊妹和兒時的玩伴，都來為她送嫁。」

我聽了感覺有點荒謬。

「天色慢慢昏暗，送嫁的隊伍舉著熊熊的火把，護送這群蛇和巴嫩來到深山的鬼湖邊，紅紅的火光照著巴嫩，她說：『親愛的爸爸、媽媽，我會守護這個地方，你們來這兒狩獵，一定會有獵物，但是，如果獵物是冰冷的……』」

我打斷蘇拉，「冰冷的……是屍體嗎？」我突然靈光一閃，「啊！不是屍體……是百步蛇。」

「對！巴嫩說：『請不要獵殺他們。』接著……」蘇拉拿起最後一片餅乾，我等他吃完，他喝了一口水。

「巴嫩到底怎樣了？」我急切地問。

蘇拉摸摸他的肚子，「心理師，我好久沒吃到這麼好吃的餅乾了。」

「喔！賣關子。」

蘇拉臉上浮出調皮的笑意。我再拿出一片餅乾，「最後一片了。」

蘇拉滿意地吃著，「巴嫩隨著這群走入湖中，幾天以後，湖邊長滿了百合花。直到今天，魯凱族的女人都喜歡在頭飾上，插上一朵百合花，紀念她們心中永遠難忘的巴嫩。」

這是個愛情故事呀！我心想巴嫩怎麼會成了惡女神，「聽起來巴嫩是保護你們的女神，是發生了什麼事呢？」

蘇拉拍拍身上的餅乾屑，「有一次，我在山裡面……不小心殺了一條百步蛇。犯了祖靈的戒命。之後巴嫩出現，百步蛇就會出現。」

但我覺得奇怪，疑惑蘇拉剛剛的嗆咳，「蘇拉，剛剛你的嗆咳，不知道是不是也是巴嫩搞的呢？」

蘇拉搖搖頭，「只要有人在，她就不會出現！」

聽完他的故事，我調了他的病歷，醫師給他的診斷是「妄想型思覺失調症」，用藥物控制他的病情。後來我查了魯凱族的神話故事，真的有巴嫩這位公主，而這位公主卻常常在他的腦海裡找他的麻煩。

有一回晨會，護理師交班，昨晚小夜時，蘇拉情緒激動，指著另一位護理師小蘋是貓咪變的，隔著護理站的強化玻璃，他對小蘋高喊：「貓！貓！妳是貓。」並且用力拍打玻璃，結果被約束了，護理師給他打了鎮定劑後，送進保護室。

精神科主任、醫師和護理長討論的結果，「爾後凡是靠近護理站的病友，一律都視為違規。」

隔天，我和蘇拉會談，他仍然堅信護理師小蘋就是貓咪，「心理師我親眼看見護理師伸出右爪按在我的病歷上，你不信的話，去看我的病歷，一定還留著牠的爪印。」

後來我找到他的病歷，那一張是小蘋對他作的支持性心理諮商，上頭記載著——「給予同理、溫暖與關懷。」在會談人的欄位，有小蘋捺印落章。

我細看了那個紅章是梅花型的……小小的……紅紅的，蓋了兩次，第一回蓋反了，又蓋了第二回，兩個章落印交錯，拿到遠處看，還真的有像貓腳的爪印。

良心移植

6C病房有時會收刑前治療的個案，曾經有一位殺父的個案阿美族的青年——阿良*住院，那陣子這個新聞鬧的很大，報紙上報導——

男子護母心切，砍殺酗酒父，宣稱——我無悔！

（○○社記者○日電）二十三歲的○姓阿美族男子為保護母親，手持西瓜刀殺死家暴父親後遭羈押，街坊鄰居請求司法從輕發落。○男幼時即目睹父親對母親家暴，在成

*可參閱《倪墨（Nima），誰的：一位心理師的小說集》，二〇二〇年，釀出版。

長的過程中，常被酗酒的父親毆打，並聽聞父親經常磨刀恐嚇要殺母親，造成他的恐慌與害怕，疑似出現了精神上的疾病。

阿良殺害尊親屬，判決書寫「……違反倫常至鉅，應處極刑；考量其情可憫，特蠲除死刑，俟刑前治療後入監服刑。」意思是因為阿良有思覺失調症，必須治療好後，才入監服刑。不過阿良是在我到醫院服務前，就結束治療入監服刑了。

爾凌是新收治的個案，他犯下的是在火車上殺害查票員案。在他殺人的當下，喃喃自語：「我要一顆心……我要一顆心……」查票員是個新婚沒多久的年輕排灣族女孩。目擊者表示：「事前都沒有任何跡象，也沒有爭吵，我只是覺得那個人怪怪的，不知道碎碎唸些什麼，就突然拿出一把刀……」目擊者發抖的右手不斷地撫摸左胸口。

另外一位目擊者說：「我正在欣賞天海一色的美景，火車經過〇〇站不久，就聽見查票員尖叫……嚇死我了。」他表示，「幾個原住民乘客見狀，立即壓制那個人。」

列車臨時停在〇〇車站，而這個車站恰巧位於查票員的部落裡面。四、五輛警車團團圍住這個小小的火車站，十幾名警察押走了爾凌，迅速地進到部落內的派出所。〇〇火車站頓時成了社會注目的焦點。隔天〇〇分局派出大批警力支援派出所，要將爾凌押送到地檢署。整個部落幾乎所有人都到派出所圍堵，查票員的父母傷心欲絕，拿著查票員穿著排灣族傳統新娘服飾的照片泣喊：「還我的女兒來。」〇〇臺的電視記者問：「請問媽媽，妳現在的感覺如何？」

旁邊的排灣族青年看不下去了，「記者朋友，你沒見到她哭成這樣嗎？」一堆人大罵：「白目。」現場族人快失序了，派出所所長大呼：「鄉親們，冷靜一點。」

當警察護送戴著安全帽的爾凌出來時，族人蜂擁而上，那位記者被擠倒在地，發出可怕的尖叫。

族人怒吼：

「不要讓殺人犯走，打死他。」

「可惡呀！」

「以為我們原住民好欺負的。」

有一位排灣族的警察用族語勸：「族人們，冷靜一點。」結果被排灣族人群用話頂回去，「你是哪一族的！」

直到深夜，人群漸散，警察才趁黑送爾凌到地檢署交由檢方偵辦。那天晚上的新聞，特別拍查票員的臉書，盡是婚後與伴侶的甜蜜照片，有一張照片被電視臺當作背景說明，是查票員的結婚照——「新郎將新娘從鞦韆上抱下來」，雖然兩人的臉都打上馬賽克，只露出嘴角快樂的笑意，感覺得到那張照片上的兩人是甜蜜的。

精神科謝醫師的T大老師參與了爾凌的精神鑑定，認定案發時他是處在急性發病狀態。那幾天都見到謝醫師陪著他的老師，我們主任與T大的老師也熟識，特別請他為科裡同仁上了

「司法精神醫學」。

一審法官判爾凌無罪，引起社會輿論的批判，這個案子一路審下去，審到媒體無心關切，最後，爾凌被判二十年，須在刑前治療後入監服刑。

今天是科裡每週一次的個案討論，結束後，主任特別提到：「爾凌，過幾週就會到我們病房來了，我想先請謝醫師談談他的情形。」

謝醫師說：「爾凌，家裡的經濟環境不佳，因著疫情的關係，他的工作常常是有一件沒一件的，又被倒了錢，他懷疑朋友、老闆、陌生人等等要聯合謀殺他、詐領保險金，特別到高雄找媒體投訴，記者不理他，反而訓斥他一頓。他還去派出所、保險公司，甚至找到立委申訴，立委的助理看到他衣著汙穢，給了他五百塊錢，將他打發走了。幾位精神科醫師的鑑定，認為爾凌有被害妄想、幻聽、焦躁等症狀，沒辦法控制病情與自己的行為。」謝醫師感嘆說：「他到處尋求協助，可是就沒有一個人發覺他的狀況異常了，如果那時有人打一通電話通報衛生局，妥慎處理，也許就不會發生這個遺憾的事件。可見我們社會在精神疾病上的警覺，這方面還是要加強。」

謝醫師特別陪同他的老師到法庭旁聽，與同仁們分享他那時候的見聞——

「辯護律師，你有沒有什麼意見要陳述的？」法官說。

「鈞上，我的當事人，因為得到精神病，頭腦有點不清楚，這是他的妄想。」法庭上的旁觀者傳來罵聲——

「幹！蝦米妄想。」

「不是你家死人喔！」

「他根本是假裝的啦！」

「法官，不要被廢死騙去了。」

法警出來維持秩序，法官大力敲下法槌，「安靜！」嘈雜的聲音，慢慢靜下去了。

爾凌瞪著律師，「胡說，你的腦子才有問題。」他大聲吼說：「報告法官別聽他的。」

「注意你的態度。」法官指責爾凌，「被告，你說？」

「我的良心不是我原本的良心，請法官成全。」

這引起了旁觀者怒罵：「你本來就沒良心啦！」

法官又敲下法槌，「安靜！」法庭恢復安靜，法官說：「被告你要我成全什麼？」

爾凌一字一字說：「判……我……死刑。」

謝醫師的老師在旁聽席上，被憤怒的旁聽民眾認出來了，引起眾人注意，私下竊語：「他就是精神鑑定的精神科醫師，是T大的教授，上次就是他在電視新聞講殺人犯是精神病……不知道自己在殺人。」接著就有人開罵，而且越來越大聲——

「就是伊，伊就是講殺人犯殺人時……什麼心神失去，所以免負責任。」

「教授，拜託呀！別只有一張嘴。你這樣幫忙殺人犯脫罪，對嗎？」

「法官，乾脆讓這些人住在教授家，請他來教化。」

秩序又亂了，法官猛敲法槌：「安靜！安靜。」

爾凌拒絕再說任何話，法官只好宣布：「退庭，擇日再審。」法警趕忙地護送T大教授與謝醫師離開法院。

謝醫師說：「這已經是三年前的事情了，這個案子最近才宣判完畢，爾凌也放棄上訴。」

幾週後，爾凌被送到6C病房接受強制治療。剛開始，他動不動就要自殺，吞肥皂，錢幣……等等，常常送進保護室約束著，在照顧上，是很不配合的一位病人。入住精神科病房的病人，常常是沒有病識感的，到處衝撞，時間一久，就會認為自己是有問題的，生病的。一個月後，爾凌終於稍有病識感了。

這週的個案討論的是爾凌。以下是謝醫師分享爾凌與他會談的片段，談到爾凌為什麼會變成殺人犯的心路歷程。

「謝醫師，你巡房幾次後。我觀察你對病人的照顧，給我的感覺還不錯。」

「謝謝你。」

「有件事，我只和你講，其他的什麼社工師、職能師、護理師，還有什麼……心理師。我都不想跟他們講話。」爾凌嚥了口水，他把同仁們都罵了，連護理師年紀大的，也說：「年紀那麼大，也來當護士。」

謝醫師趕忙打斷，「謝謝你，看得起我，願意和我談。」

「想知道我怎麼變成了殺人犯嗎？」

「你願意說嗎？我想要瞭解你的想法。」

「唉！我覺得你不像其他人，只會說我在妄想，但我所經歷的是真實的。」爾凌嘆了一口氣，語氣無奈。

「說來聽聽吧！」謝醫師微微一笑。

「地球之外，還有比人類更高等的動物。」

「外星人？」

爾凌點點頭，「他們確實存在的，那天我到了他們的星球。」

「你怎麼去的？」

「從異次元空間的入口。」

「是多久之前發生的事？」

爾凌沉思，「大約是二十多年前，我在念大學時。」爾凌今年四十四歲，二十三年前，他是大學生，就在那時候，他發病了。

「我走進了外星人開的心的治療所，請他們取下我的心。」

「把心臟摘下來？」

「不是的……」爾凌思考著，「謝醫師，我在想要如何表達？」沉默了一會兒，「有點像量子力學，我將我的意識……好的意識……用通俗的說法是『良心』，請外星人取下來，由治療所保管著。」

謝醫師看著爾凌的表情，似乎不像在說謊，謝醫師的內心分析是：「爾凌把這個妄想壓得很深，換句話是他不輕易對別人說出他的內在。」謝醫師微笑，「良心移植……我在網路上有看過耶！」思考後，又覺得不像移植，謝醫師說：「良心重安裝。」

「你別把他當作是虛構的，那是另一個世界有人這樣做了，在我們的世界自然會有人感應到。」

「喔！好，我瞭解了。什麼原因讓你這樣做呢？」

「這是個吃人的社會，心太好會讓別人欺侮的。」

謝醫師想到前不久才讀完民國初年作家魯迅的《狂人日記》，那個瘋了的狂人就是處在吃人的社會中，魯迅描述的狂人是「……迫害狂……語頗錯雜無倫次，又多荒唐之言」。謝醫師繼續聆聽著。

「我找到外星人，進到心的治療所，要取回我原本純淨的良心。我期待當個有良心的人。」

謝醫師點點頭，「喔！」

「我在那兒待了一個星期，原來的良心……」爾凌神情有些哀傷。

「發生了什麼事？」

「安不回來了。」

謝醫師回應，「怎麼了？」

爾凌乾咳兩聲，「咳！咳！」端起水杯喝水，「咳！咳……」一口喝急了，嗆到水。

「喝慢點。」

「沒事，謝醫師。」

「我看你有點緊張！」

「還好。」爾凌整個身子屈在一起，並弓著腰。

「可以繼續嗎？」

爾凌清了一下喉嚨，「我不適應良心原本的純潔，那顆年輕的良心也無法存活在我現在的身體了。回到地球上，那天是……」爾凌幽幽嘆了氣，「唉！」爾凌說的那個日期，正是他殺人的日期，爾凌想再回到那個外星診所，可是派出所的員警、機構的社工、保險公司的業務員、立法委員的助理都罵爾凌，「胡說！」而且神情凶惡，爾凌害怕這些人會殺了他。

「在那天，我從高雄搭火車回臺東時，有個聲音一直說：『殺個人，拿一顆心！爾凌，你只要一顆就好了。』這個聲音在我的耳邊不斷響起。」

聽到這兒，我的腦海想像著火車行駛在海山之間，右邊是藍色的太平洋，左邊是青青的山……爾凌在這麼美麗的風景，在這麼單純的偏鄉，因為幻聽與妄想奪走了一條生命。

爾凌還與謝醫師分享，「我原本不叫做爾凌，在二十年前，我請外星人取走我的良心後，將自己改名——爾凌。」

謝醫師分享完了。主任看著會議室的時鐘，環視個案討論的同仁們，「各位，對於爾凌這位個案，不知道各職類在臨床上有沒有什麼看法或是問題？」主任喝一口茶，「都可以提出來。」

「他改名為爾凌有什麼特別的意思嗎？」同仁問。

「他說爾凌是取惡靈的諧音。」謝醫師回答。

同仁一片譁然。

「他告訴我時，臉上浮現一股邪惡的笑意，嘿！嘿！嘿！地發出笑語……不知道是想嚇我，還是妄想生起。」謝醫師繼續說：「那天談話……我聆聽著，沒有任何的批判與建議。只是聽見爾凌的笑，我打了冷顫。我這一輩子都在與病人的精神症狀作戰，哪怕那個症狀再凶、再狠，甚至揚言要殺害我，我都不怕。」

「你見到爾凌的笑意，聽到他的笑聲，你的感覺是什麼？」主任問謝醫師。

「當下我做自我覺察——那種感覺像是落入冰河，在會談的過程中，我總是不自主地撫摸我的左胸口，還好我的心臟在跳動著……一跳接著一跳，是活著的。」謝醫師回應。

晚上，我想到阿良、還有今天的個案討論——爾凌，心想他們怎麼會犯下這麼重的罪行呢？主任說過：「精神科醫療團隊的處遇，除了藥物的療效外，還要加進心理認知與社會系統的改變，治療才算完善。」至於治療效果能不能維持下去？又是另外一回事了。醫療有極限，極限之外，只能交給上帝了，所以常見到的是精神疾病的病友回到社會，又會復發，重新住院。在我要到精神科工作前，曾有朋友告訴我，「只要你在精神科待得夠久，就會發現這些老病人來來回回。」

「治不好嗎？」

「原因很複雜，不只是病人痛苦，連家人都很辛苦。尤其是這些司法判決強制治療的病人，只要一經判決，這事件背後複雜的成因就歸咎於那個人了。所有的責任就是由他來承擔了，這公平嗎？」朋友問我。

我思考了許久，終究無法回應朋友的提問。

機車自燃

長牆是個創作園地。

阿山很執著，不停地畫，畫出心中的思念，畫出心中的情感。一幅幅畫面相繼出現在灰灰的牆壁上。不過這也惹惱了豪宅的大戶人家，屢屢警告阿山，但阿山卻不為所動，他白天時，從不作畫，靜靜地待在圍牆旁的大樹下納涼，看著豪宅對面的六樓。那棟大樓是醫院，六樓是精神科急性病房。在早上八點到九點，以及下午四點到五點，總會有位戴上墨鏡的女子出現在六樓的陽臺，看著長牆，欣賞著阿山的畫作。

有一天，他得知豪宅的主人出國了，那天早上，阿山含情脈脈地注視那位女子，他決定了，要為她好好地畫上他的情愫，那一連幾天都是大太陽。阿山重新打底，塗上白漆，準備畫上一畫。他的機車停放在牆邊，阿山將保特瓶礦泉水放在他的機車坐墊上。他畫到入迷，忘了時間，也忘了口渴，約到中午時，好不容易完成一顆紅色的心，阿山看著那個紅心，只覺得色澤鮮豔有力，阿山十分滿意。正要畫第二個紅心時……保特瓶礦泉水聚集了太陽的光與熱投射聚焦在機車坐墊，竟然起火了。醫院的警衛看到，機警地打一一〇，「警察先生，這裡是〇〇醫院，對面有個年輕人放火燒了他自己的機車。」

三分鐘後，消防車警報聲響徹雲霄，消防員迅速自消防車衝下來，撲滅了機車上的火。三輛警車圍住阿山，下來七、八個警察要拘捕阿山。

「不是我放的火，是機車自己燒起來了，因為礦泉水……」

「你這傢伙……胡說八道……機車會自己燒自己。」一位肥胖的警察大聲斥責。

「水會點火燒車……哈哈！」胖警後頭，一位瘦瘦的警察大笑著。

阿山拿著油漆桶拒捕。這些警察暗暗訕笑，「怎麼會拿油漆拒補？」但警方也不敢大意。阿山重心不穩，一個不小心跌倒了，將紅色的油漆全潑在自己身上了，一時間像是滿身是血的傷者，尤其是那張猙獰的紅臉。警察強力壓制，制服沾上了紅漆，手也濕濕黏黏的，阿山拿剩下的油漆潑向警察，剛好胖警站在前面，擋住了大部分的紅漆，弄得胖警的一張臉比關老爺的臉還要紅，其他的警察也是一身狼狽，警察們氣得打了阿山好幾記的警棍。

警察以公共危險送地檢署，檢察官在調查偵辦時發覺阿山精神有異，法院宣判緩刑兩年，要求阿山必須就醫，否則取消緩刑。阿山進到了醫院精神科的急性病房，終於與戴墨鏡的女子見面，有一天阿山與她坐在大廳。

阿山含情脈脈，「我的畫妳都看到了嗎？」

「蛤！畫？在哪兒的畫？」

戴墨鏡的女子伸著雙手摸著桌子、椅子要站起來，她的看護趕忙過來，「小姐，小心點，別跌倒。」

「剛剛他說，他為我畫了畫！」

看護對阿山怒目而視，壓低聲量，「先生，請你不要這樣，我家小姐是盲人。」

「他為我畫畫……他為我畫畫……為什麼我看的都是黑的？」戴墨鏡的女子被看護攙扶著離去，邊走邊說：「他為我畫畫……他為我畫畫……為什麼我看的都是黑的？」

阿山，看到這一幕，頓時說不出話了。接著他的情緒在一瞬間爆發……「啊！為什麼？為什麼？」阿山衝到護理站，拍打玻璃，「讓我出去！讓我出去！」警衛立刻衝過來，將阿山約束在床，醫師下了醫囑，護理師為阿山打一劑鎮定劑，阿山昏睡前，喃喃低語，「她不是她……她不是她……」

後來社工師約了阿山的家屬病解，阿山的姊姊來到醫院，主治醫師解釋阿山的症狀。姊姊表示，「阿山很會畫畫，有個論及婚嫁的女友——小玲，兩人的感情很好，在前年阿山與小玲到臺北，談辦理畫展的事，本來兩人要一起搭普悠瑪回臺東。阿山臨時有事，多待了一天。」

姊姊摒住呼吸，「小玲，搭上了那班普悠瑪[1]，在宜蘭……火車出軌。」姊姊抽了一張面紙，擦去眼淚，「此後，阿山受到刺激，他說：『小玲，只是和我玩躲貓貓，暫時躲起來了。』一直否認小玲離世了。」

姊姊打開手機的照片檔，「沒想到四月往臺東的太魯閣號[2]又出事了，而且造成這麼多人罹難，這件事勾起阿山的悲痛，整個人都變了。」姊姊尋得阿山與小玲的照片，遞給專科護理師小雲，小雲低呼：「真的很像。」她轉給主治醫師看，「這就是小玲。」只見那小小的一方天地，是個豔陽天，背景是藍藍的大海，戴著墨鏡的阿山與小玲笑得開心，燦爛的笑容就像豔陽一樣。

主治醫師說：「這是心理防衛機制的運作，否認接受現況的阿山……看到我們的病人，以為終於找到小玲了。」病解完後。阿山在精神科病房住滿三個月，這三個月他少言少語，會看著他未完成畫作的那堵牆，也會看著那位富家女，只不過看護是緊緊盯著阿山，不讓他接近她看護的小姐。

1 二〇一八年十月二十一日，臺鐵六四三二次的普悠瑪列車，十六時五十分在宜蘭縣蘇澳鎮新馬車站發生出軌事故。

2 二〇二一年四月二日載有四百九十八名乘客的四〇八次太魯閣號，九時二十八分在花蓮縣秀林鄉的清水隧道北口的發生列車脫軌事故。造成四十九人死亡和二百四十七人輕重傷。

阿山總是偷偷看富家女，時笑，時哭，裡頭都帶著一份思念。思念心中的小玲，從早到晚，又到深夜，雨飄下來了。雨勢慢慢變大，阿山開始跑，跑進森林裡，伸手不見五指，樹葉濕淋淋的，每撞一顆樹，各自又撒下陣雨。阿山前奔，跑過地面流動雨水，坑坑洞洞的雨水映著橫過天際的閃電，阿山感受到孤單、害怕，他跑出了森林，跑到了那面牆，他看見了紅色的心，有力的心，在黑暗中發亮著，小玲……那不就是小玲嗎？站在那顆心的前面，「小玲！」阿山滿心歡喜，瞬間，一陣閃電亮過天際，一輛高速行駛且破損的太魯閣號，阿山定睛一看，「不對，是普悠瑪號。」火車鳴笛，一聲急似一聲，衝過了小玲……

「小玲……啊！」阿山自夢境驚醒，滿面淚痕，窗外仍是黑暗一片，阿山到廁所洗了臉照著鏡，內心似乎清楚地知道小玲走了，再也回不來了，夢到火車只是代表他對那個意外事件的恐懼和對自己的責罰，責罰自己為什麼沒有跟著小玲在一起，於是他拿了紙筆寫下〈普悠瑪的聲音〉——

普悠瑪的聲音是
媽媽被撕裂的聲音
普悠瑪的聲音是
爸爸被撕裂的聲音

普悠瑪的聲音是
小玲被撕裂的聲音

普悠瑪的聲音是
我哭泣的聲音

普悠瑪的聲音
普悠瑪的聲音

精神科醫師
你可以救救我嗎？
從那年十月二十一日起
我老是聽見普悠瑪的聲音

沒想到，這一年的
四月二日起

這段期間，經過藥物的控制，阿山身心的狀況逐漸好轉。只是每當主治醫師帶著專科護理師、值班護理師巡房時，一談到機車燃燒的事，阿山仍堅持著，「不是我放的火。」

三個月後，主治醫師說：「阿山，你可以出院了。我安排你做心理諮商的治療，心理師會告訴你會談的時間。」

阿山出院那天，他看著戴著墨鏡的富家女，由看護牽著她的手散步，「謝謝妳，讓我有思念，但我知道妳不是我的小玲……」隨後，主治醫師為阿山安排了回診及心理諮商。

這一年他都沒回診與心理諮商。

富家女已經轉到慢性病房，那天晚上富家女坐在大廳吃點心。

看護看電視新聞報導，電視主播說：「〇〇市，發生一起機車火災案件，一輛停在〇〇派出所停車場的機車發生火災。經查是瓶裝礦泉水放坐墊上聚熱引起自燃，這輛受損機車已經燒毀，並波及其他車輛，包括警用機車。經警方調查火燒車事件是裝滿水的保特瓶放置於機車坐墊上，沒想到卻意外引發火燒車……」

看護拿鮮乳倒在杯子裡，「小姐鮮乳在這兒，慢慢喝喔！」新聞繼續報導，「經查是一名戴帽及口罩的男子將瓶裝礦泉水放置在機車坐墊，隨即跑步逃離現場……以下是監視器拍攝到的畫面。」

「哇！是他……」畫面呈現的是熟悉的身影，看護驚訝。

「怎麼了？是誰？」富家女說。

「沒事，小姐。」看護輕輕地擦掉富家女唇邊沾染到的鮮乳，「小姐，我們要回房刷牙，吃藥，準備睡覺了。」

「如有民眾知道影片中的人，請速與警方連繫。」電視新聞主播說。

隨即警衛關掉了電視。看護攙扶著富家女離去，腦海中閃過的是阿山的主治醫師在巡房時與阿山的對話……

「阿山，機車是怎麼燒起來的？」

「不是我放的火。」

警衛關了大廳的電燈，一片黑暗，只有護理站亮晃晃的，有如白日。護理站的光芒微微滲照到富豪大戶的那堵牆……呈現灰暗一片，牆面已找不到那顆紅心，那顆色澤鮮有力的紅心……

心理師的懂不懂

心理諮商藏著個案的祕密，當個案的祕密被個案敘說出來時，祕密就藏在心理師的心底了。進到諮商，就是進到一個隱密的世界，外界的人永遠不會知道這兩人之間發生的事兒。

阿明住進醫院精神科已經一個月了，藥物控制得還可以，能夠正常地表意。醫師轉介給我做心理諮商。

「星星在我的頭頂上旋轉，我可以看得見她的流動。」阿明說。

「你說得是流星嗎？」

「好像我年少在鄉間，經過的田野，和風煦煦，吹得醉人，飄起芳草、檳榔樹……自然的清香，不知名的野花開得特別爛漫。」阿明沒有理我，逕自敘說他想說的。

「心理師，你知道這代表了什麼？」阿明看著我。

阿明突然問我，一時間我也不知道如何回應……只說：「你多說一些？」

「那是春天裡最美麗的一天，過了這天，美麗將會逐漸消逝。」阿明微笑。

我下了斷語，「你擔心自己的衰老？」阿明四十多歲，步入了中年了。

阿明沒有回答我的問題，只說出他的想法，「打仗時，班長和士兵的距離不遠，他們前進殺敵，是受到軍紀的節制；有錢人與乞丐距離也不遠，他們都有同樣地失落感。」

「心理師，你是幸福的人，我是不幸的人，我們之間有著難以說清的距離。」阿明看著我微笑。

頓時，我有些許情緒，但我抑制了，「你願意再多說一些，你對我們之間的感覺嗎？」

「幸福的人聽不懂不幸福的人所說的，他的理解是包裝在他的憐憫中，永遠無法理解什麼是不幸福。」語畢後，阿明逕自離去，留下錯愕的我。

護理站的護理師小秀告訴我，「阿明的程度很好，在學校教書。他是學哲學的。」

「為什麼會發病呢？」

小秀說了阿明發病前的一段往事——

阿明在他的臉書上說自己搞懂了人的複雜心思。求知若渴的好友小安特別到阿明家請益。

小安進到阿明的屋裡，見到書、筆記本占滿整個屋子，客廳、浴廁全都是阿明閱讀過後的書和他寫的一本本筆記。小安看見阿明頹坐在堆滿書本的沙發上，看樣子他已多日沒有睡好了……

小安說：「阿明，我想請教如何才能懂人心？」

阿明詭異地笑了，在嘴上比「噓！」的手勢後，伸手自口袋掏出一張紙條遞給小安。

阿明指示小安，「唸！」

小安攤開紙，唸——

懂嗎

你的懂是我的懂嗎
我的懂是你的懂嗎
懂我
懂你
懂懂我
懂懂你
懂懂懂
懂懂
懂

從那天起阿明就發病了，愈來愈嚴重，不願意就醫，四處亂跑，最後是被警察架上警車，送到我們醫院來……這時有位行動遲緩的病人，走近護理站，小秀大喊：「小安，要超線了喔！」小安唸唸有詞，「你的懂是我的懂嗎？」轉身離去。

「他就是小安！」我感到驚訝。

「小安先發病，住進來。一週後，阿明住進來了。」小秀補充說。

我回到辦公室，沖了一杯咖啡，想到這樣詭異的事兒，難怪當初學長知道我要到精神科服務時，特別叮嚀過我——「要小心！」

咖啡的香味四溢，我輕啜一口，伸手到我的口袋。我感覺裡面有張紙，我拿出來一看，竟然是阿明寫的這首詩，而且後頭署名是阿明……

阿明有給我這張字條嗎？我怎麼會一點印象也沒有？我急忙去到護理站，透過強化玻璃，我看到阿明，小安繞著他唸唸有詞——「你的懂是我的懂嗎？」

「天啊！原來看到這首詩的人會……」我心想。

「你的懂是我的懂嗎？」

「心理師，你在說什麼？什麼懂不懂？」小秀疑惑地問我，我心頭一驚，剛剛我竟然唸出……我口袋中的手緊緊地抓著那張紙。

我告訴自己，「必須要保守這個祕密，不可以告訴別人。」

這時阿明在笑……一直在笑……笑得很詭異！

失智的狂想

6C病房曾經收過失智的個案陳福多[1]，一位阿美族老兵，在關懷的互動中及個案討論時，我瞭解到這位阿美族老兵參加過南洋戰爭、國共內戰、韓戰，以及中國文化大革命，因戰爭得到ＰＴＳＤ[2]，到老時又得到失智。同樣在真實生活上，許多榮民伯伯也是如此，從軍隻身來臺，到老時，也是得到失智，許多伯伯腦海中的長期記憶都是戰爭可怕的回憶。而失智一開始是短期記憶慢慢地失去功能，接著是長期記憶，這個過程是不可逆的，藥物只能延遲呀！換言之這些痛苦的回憶會一直跟著他們到生命結束的那一天。

有一回，我到阿美族部落文健站帶失智團體活動，就有一位老婆婆說我是他的wawa[3]，一直握著我的手，安慰我說：「adadaay a wawa。」意思是我是他生病的孩子，最後，她竟然哭了，因為她只有一個孩子，而孩子在老婆婆年輕時已經過世了。

最近我想起上回在精神科門診跟主任的診，看到一位失智的阿伯——老唐，每次都由女兒

1　可參閱〈陳福多的那一天〉收錄於《倪墨（Nima），誰的：一位心理師的小說集》，二〇二〇年，釀出版。

2　Post-Traumatic Stress Disorder（簡稱ＰＴＳＤ）創傷後壓力症，是指人在遭遇或對抗重大壓力後，其心理狀態產生失調的問題。這些經驗包括生命遭到威脅、嚴重傷害、身體或心靈上的脅迫等。

3　阿美族語孩子的意思。

陪診，還跟著外傭阿甘照顧他。主任與我分享了老唐的故事——

最近老唐老是記不起一些東西，原本老唐以為是別人在騙他，後來才發現是自己的記憶力衰退了。

「爸，您買了一堆的垃圾袋，卻還一直買。」老唐的女兒說。

「家裡沒有了，要用的。」老唐生氣地回應。

女兒帶老唐去看，果然整個櫃子都是垃圾袋。

另外一件是偷錢事件。

外傭——阿甘發現她的錢愈來愈少，後來發現全是老唐幹的，女兒問：「爸，你為什麼要偷阿甘的錢？」

「她偷我的錢。」老唐神情不悅，像是在說：「她偷我的錢，我就偷她的錢。」

阿甘一聽哭了，「阿伯，我沒有呀！」

還是女兒瞭解父親，當著老唐的面，將手伸進床墊下，拿出老唐的錢包，「爸，你的錢包都在這兒。」老唐趕緊拿來，清點鈔票，以前老唐的老婆還在世時，老唐養成的習慣是錢包裡面，老唐只放兩張仟元鈔票，身上可花用的零錢不超過五百元。

「還好，沒掉。」

「爸，你誤會阿甘了。」女兒溫柔地說。

阿甘在一旁啜泣，老唐覺得很不好意思，「阿甘，我誤會妳了，對不起，請妳原諒我。」老唐深深地向流淚的阿甘行鞠躬禮道歉。那一刻起，老唐意識到自己失智了。此後，女兒就固定陪老唐回診。

今天老唐跟主任說了他的感受。

「這很正常呀！許多失智初期的人都是這種情形。」他笑笑說：「有時，我也會常常忘東忘西的。」主任回應。

老唐看這位精神科主任約四十歲左右，外表是健康型，充滿活力。主任留了山羊鬍子，帶著點俏皮意味。山羊鬍造型加上雅痞風的打扮，老唐覺得主任是愛漂亮的。診桌上主任放著他參加三鐵的照片，有游泳、自行車、長跑，這三張照片顯露出人魚線與結實的肌肉，尤其腹部有結實的六塊肌。

老唐心想：「五十多年前，我是年輕小伙子時，也和你一樣。」只不過現在是垮垮的肉鬆了，「年輕真好。」這是老唐內心的讚美，也是老唐的忌妒。老唐想：「難怪主任的門診總是到九點就限掛了，候診的人已經是大排長龍。」

主任正敲打電腦鍵盤輸入紀錄，「我就照之前開的藥再開三個月的藥給你，記得三個月後要準時回診。」

老唐傻笑看著主任的潔白牙齒。

主任用心提醒，「我知道你記不住，等一下我會請護理師跟你的女兒說。」

老唐又笑了。

「你女兒沒有來嗎？」

「她在外面等。」

「那你在笑什麼？」

「你不是說我的一切是正常的嗎？」

「對呀！」

「那為什麼還要吃藥？」

主任怔住了，反問老唐：「你晚上睡得好嗎？」

「有時候會失眠。」

「是不是有時忘東忘西的？」

老唐笑著點點頭。

「有幻聽、幻覺嗎？」

「上週……好像有看到過世的老太婆，我還跟她對話？」

「她說什麼？」

「『老公呀！我不在了，你要好好保重你自己。我在天國很好，有空就跟女兒去教會，我等你來！我們相約在主裡。』」老唐接著哼唱起來了……

主任打斷老唐的歌聲，「你要跟夫人去嗎？」

「我是很想她，可是她在世時，老是對我很凶，我說：『妳就讓我輕鬆地在人間過幾年好日子吧！』」老唐補充著，「你自己說這很正常，很多人都這樣。」

主任評估老唐沒有自殺意念後，他看看掛在診間的時鐘，換了話題，「心理師今天有與你做心理諮商嗎？」

老唐想到那個穿涼鞋又穿襪的心理師，鼻毛也不修，「只會問我減七、減七，再減七[4]，」不然就是要求老唐做一堆測驗，老唐抱怨：「他以為這樣就能讓我的心好過些嗎？」

「那個是必要的測驗，提供我作診斷與治療參考的，已經完成。他現在會跟你談了。」主任笑了，「讓你情緒激動的事，你記得很清楚。」

老唐繼續抱怨，「整個臉是假意，講話還有口吃……還是那位社工師比較親切。」想到那位社工師，老唐的心柔和許多。

主任解釋，「心理師法有規定失智要請他們鑑定……」

老唐不以為然地插話說：「規定是死的，人是活的……縱使規定要遵守，也要發自內心地關懷吧！」老唐的怨氣又起，「問我數學題，然後給我一堆測驗，這樣也是治療？如果心理師是靠這個，不用心聆聽個案，我看呀！還不如教會的牧師、媽祖廟的廟公、三太子的乩童，他

---

4 簡短智能測驗（Mini-Mental State Examination，MMSE），在注意力與計算力測驗時，施測者對受試者說：「一〇〇減掉七等於多少？」、「再減七等於多少？」、「再減七等於多少？」、「再減七等於多少？」總共進行五次的減法。

們倒是會用心聽信徒說，對信徒說安慰的話。」老唐頓了一下，「我能不能只和那位女社工師談話就好了，或是由她來測驗我。」

「不行啦！就只有心理師才能做。」主任強調。

「給心理師做……乾脆叫許米雪好了。」

「她是誰？」主任疑惑著。

「那個……許米雪，要用臺語發音啦！」

「許（call）……米（me）……」

「第三個字，怎麼說？」

老唐的嘴形比了「雪（sh……）[5]」

「厚！歐吉桑……」老唐逗得主任大笑，牽動他的山羊鬍子，「你今天很會說笑話呢！」

「一直測驗……測驗，測驗太久了，我年紀這麼大，膀胱一泡尿，差點尿褲子。」老唐還是在抱怨心理師。

「你不會和他說要上廁所嗎？」

「主任，我是老人家要尿很久吔。加上他一臉認真又嚴肅……」老唐接著說：「測驗到後面我都隨便講了。」老唐繼續批評，「心理師這個職業，說助人者很重要，每次只在晤談室關

[5] 老唐的嘴形比shit，這個英語單字。

心，出了晤談室就成了陌生人……。」

主任安撫，「放輕鬆，你看你的情緒又起來了！」主任接著又再確認，「你和心理師談完了嗎？」

「沒，你給我第一名，排我在前頭看診，我給你面子，以你優先。」

「好，等一下跟他談吧！」主任對老唐微笑。

「主任呀！」老唐忍不住了，「我年輕時的風采不亞於你。」

「我知道。」主任起身親切拍拍老唐的肩，「下次，我再給你第一名。」

「我一定最早到。」老唐自認人老了，睡不著，每回女兒提醒老唐看診的時間到了，就會提前一個小時到診間等候，老唐總是第一位到診。

主任叮嚀，「三個月後記得要回診。」他再次提醒，「藥要記得吃。」

「知道了，三個月要回診。」老唐笑說。

護理師起身，微笑地扶著老唐，「老伯，你在外面先等一下。」

護理師剛剛也被老唐的「許米雪」逗笑了，有兩個小小的梨渦，老唐看到她的名牌名字的最後一字是「潔」，讚美她，「小姐，妳長得潔潔白白的，笑得真可愛，妳幫我測驗數學吧！」老唐為診間帶來輕鬆的笑語。

老唐拄著拐杖慢慢出了診間，阿甘過來接手。護理師交代老唐的女兒，老唐該如何服藥及回診的時間，接著老唐的女兒去批價及拿藥。老唐坐在候診椅上，想著「記憶」……老唐感覺到記憶正在一點一點地流逝。主任明白地告訴老唐，記憶退化，忘性逐漸增強，吃藥只是延緩忘性增強的速度。主任說：「有情緒的事件會記得比較久。」簡言之，就是讓老唐喜怒哀樂的事。不過，有失憶、有忘性也是一件好事，昨天的事，今天忘了；今天的事，明天忘了。所以那個社工師，年紀比老唐的女兒還小，每次見到她，老唐就開心了。老唐搔著他的頭髮，想不起社工師的名字，「她有對我說過她的名字，姓黃……名叫什麼來著……」

「阿甘，那個……那個……社工師的名字是什麼？」老唐問。

「哪一個社工師？」

「就是那個……」

老唐看見阿甘突然不好意思地微笑，因為有位帥氣穿著白袍的男性社工師經過她的面前，「是找我嗎？」阿甘尷尬地搖頭，一臉的嬌羞模樣。社工師有禮貌地向老唐點點頭，「唐伯伯好。」老唐沒理會社工師，急忙繼續補充，「阿甘，她有一張圓圓的臉，很可愛的圓臉，個頭兒不高。有著豐滿的胸部，都會露出白白的乳溝。她叫什麼名字？」

「阿昶。」阿甘看著那位離去的社工師背影。

「阿昶？是誰？」老唐順著阿甘的視線，「阿甘……她是女的，不是他啦！」

「阿伯，你再說一遍。」阿甘回神。

「厚！就是那位……有個大大胸部的女社工師呀，黃……什麼來著？」

「阿伯，你都偷看喔！」阿甘詭異地笑著看老唐。

「別笑，快說她叫黃……什麼來著？」老唐心想阿甘一定認為他是怪阿伯。

「好像……好像……哎喲，我也忘記了。」阿甘想了半天，「我想不起來，你今天不是和她談，是和心理師談。」

「阿甘，妳也失智了喔！」

阿甘笑笑著，眼神轉看診間旁的社工服務室，接著她又浮現失神的樣子。老唐不想理阿甘了，他想起黃……社工師，主任曾解釋，「失智是短期記憶會先記不住。你是初期……目前的狀況還好。」所以那位黃……說的話，「阿伯，你就當每一天都是新的，過去不回想，未來不規畫，活在當下就好。」這是她告訴老唐的，老唐記得清清楚楚。

老唐認為這真的是個好建議。他看著手中的慢性處方箋，表示這是慢性病，白話一點是說：「這個病不會好了。」所以就不用發愁了，看病時逗逗精神科主任，看看可愛的黃……社工師。

老唐想：「反正人也不能預知得到下一秒會發生什麼事，為何不開心地過呢？而且記憶力會慢慢退化，能說多少是多少吧！不然等到和老太婆又見面時，雖然是說在天國，但萬一我又被凶得不敢說話……該怎麼辦呢？不想那麼多了，把握時間讓自己快樂才是最重要的事兒。」

想著，想著，老唐笑了。突然有個穿白袍的人走到老唐身邊，「請……請……問你……」白袍人深深吸一口氣，大力地說：「是是……唐先生嗎？」那是張只有皮在笑的臉，老唐有點厭惡……又想不起來，他好像曾經問老唐：「減什麼……」

老唐猛然想到，「對，減七……減七……」老唐看著他的名牌，上頭繡著「心理師」！

這回老唐聽見有人喊：「許米雪」很大聲，好像是幻聽。

LSD

你嚐過靈魂被麻痹的經驗嗎？這化學藥物帶來的解脫，讓你融解在遠方彩色的夢境，無人知曉而縹緲的夢境，如入涅盤一般，往深處滑行，滑向全然而永恆的迷幻。如果你可以理解，你應當知道實驗裡，那隻關在籠子裡的白老鼠的故事——

籠子前方有一個按鈕連著一支槓桿，老鼠按一下，會掉下來一顆甜甜的迷幻藥，白老鼠吃了之後，行動緩慢，神情迷濛，藥力退了之後，牠又繼續按，然後吃……一直反覆，最後死亡。

也不難理解曹雪芹寫的《紅樓夢》，賈瑞喜歡上王熙鳳，兇悍的鳳姊將他戲耍了，讓賈容脅迫賈瑞簽下賭債欠條。自此賈瑞大病不起，後來有個路過的道士，拿出銅鏡——風月寶鑑，跟賈瑞說三天之內只能看著鏡子的背面，別看正面，病就會好了。可是鏡子背面映出來是個骷髏，賈瑞嚇了一身冷汗，轉過來看正面，見到鳳姊的溫柔，賈瑞覺得整個人進了鏡子中，與王熙鳳翻雲覆雨，無法自拔，精盡而亡。迷與幻的吸引，總讓人無法抗拒。

原本我有一份工作，經濟壓力讓我陷入了困頓。唉！人生無常。每天面對黑白的世界，只能作無盡的嘆息。在一次偶然的機會中，我接觸到ＬＳＤ[1]，服用它，會造成持續六到十二個小時的感官、感覺、記憶和自我意識的強烈變化，產生幻影、幻覺等等。也許這是「羽化」、「解脫」的一種方式。可是這樣的代價太高了，千萬不要嘗試，以下是我的故事。

那一回吃了之後，我看見青山、綠水變了不同的色澤，我像小孩一樣跑來跑去，很快樂。藥力退了之後，我發現自己是在往東部的太魯閣號上，全身無力，我一直想不起來是怎麼上火車的。

買這玩意兒頂貴的，剛開始我是騙錢，後來改用偷，家人發現，不給，就用搶的。老婆慌了，她哭著要我回頭。一、兩次有用，但迷與幻已占據了我的心。

「我只愛藥，不再愛妳。」

再哭，她也流不出淚來，終於我們離婚收場了。

這也好，免得拖累了她和小孩。那天我又嗑了，結果出現了三個「我」。那是佛洛伊德所講的「自我」、「本我」與「超我」。[2]

自我穿著體面，看著本我與超我的對話。

---

1 麥角酸二乙醯胺（德語：Lysergsäurediethylamid）簡稱為ＬＳＤ，是一種強烈的迷幻劑和精神興奮劑。

2 佛洛伊德（Sigmund Freud）提出，簡單來說，本我代表欲望；自我負責處理現實世界的事情；超我是良知或內在的道德判斷。

本我左擁右抱不同的美女，喝著美酒，眼神漾出神采。本我喝一口酒，吻了左右的小姐，「哈哈，過去我一直努力奉獻自己，努力賺錢，我想通了……現在過得很快樂，醇酒、美人，這才是真實的人生……」

超我嚴肅地坐一旁，不近女色，儼然是個哲學家的樣子，「這不是『存在』的目的，你只是在追求眼前的快樂，你的生命意義是什麼呢？」

自我喝著酒，靜聽著本我與超我的爭論。

本我嘲笑，「哈哈！你又拿海德格[3]那一套出來了，『此有』、『存有』誰看得懂，我才不管有沒有。」

超我反駁，「海德格用了畢生的精力，探討存在問題，他發現人類走錯了路，只重視物質的追求，忽略了對生命的探討。」

「哼！這關我何事，我喝這一杯酒，撫摸這美女高聳的乳房，豐厚的美臀，享受人生的樂趣，一切如此地真實。」

「是的，你有自由作出這樣的選擇。當時間如電消逝，萬物轉忽不見，將只有空虛伴著你。」

「那又如何？畢竟我爽過了。」

---

[3] 馬丁・海德格（Martin Heidegger），德國哲學家。

「你是在逃避，逃避面對死亡，只是追尋眼前之物。」
「死亡離我何其遠，我身體強健，怎麼會懼怕死亡呢！」
「你知道嗎？墓裡棺材裝死人，不是老人。」
「別說了。」超我怒斥本我。「你到底選擇跟誰？」瞪著自我。
超我眼神凌厲，站在無限永恆的光明之處；本我神情迷離，躺在裸女旖旎的晚燈之下。周邊的音樂、美酒、肉慾，一步步地誘惑自我……
當藥力退後，我發現我癱躺在基督教墓園，整齊的墓碑，一排、一排……
眼前的墓碑上頭刻著「傳道者說……」
我流下淚來，我形容枯萎，雙眼無神。我顫著手，打開的藥包，吞下所有的藥……奮力地跑著，跑著。我成了一隻鷹，飛了！飛了！大地在我下面。
張開雙翅，如鷹自懸崖俯衝……
咚！血，汩汩地流著，眼前一片紅，映出碑上的字——
「虛空的虛空，凡事都是虛空」——《聖經‧傳道書》第一章第九節。

個案情事

在我念心理時，醉心於存在主義諮商理論，強調人是有選擇的能力的，所以人存在的是先於本質。要成為什麼？是自己可以決定的。這些故事已經改編過，有原住民、有漢人，有失意、有關係上的失落、也有性別的困擾，是一篇篇人生際遇的故事。

望你早歸

近幾年氣候變化得厲害，常常是夏天熱到不行，不然就是狂風暴雨，兩個小時就淹了大水；冬天，也捉摸不定，不是暖冬，就是寒冬。今年的冬天，特別冷，而且還常常下著冷冷的雨。

我到了精神科後，開始學吹口琴，吹布魯斯口琴，這款又稱藍調口琴，在歐美廣為流傳，只有十個孔，要吹奏二十三個音節，有的音節需要壓音才能吹出來。為什麼要學口琴？主要是因為6C病房的病友，有一回參加音樂治療工作坊，老師說：「音樂可以喚起感覺，不具威脅地幫助我們覺察到內心深處的感覺。」於是我想在我的團體活動時，加點音樂元素，增進病友們的自我覺察。選布魯斯口琴是受到《刺激一九九五》（*The Shawshank Redemption*）一個片段的影響——

安迪：這就是音樂之美。這是他們沒辦法從你身上奪走的。你們沒有體會過嗎？
瑞德：我年輕時吹過口琴。現在沒興趣了。在這裡反正也沒意義。
安迪：在這裡音樂才更有意義。你需要音樂你才不會忘記。
瑞德：忘記什麼？

安迪：忘記這世上有些地方並不是石頭做的。忘記你心裡有一些東西是他們拿不走的，無法碰觸的，屬於你的東西。

瑞德：你在說什麼？

安迪：希望。

安迪與瑞德是一同關在監獄裡的獄友，安迪說：「忘記這世上有些地方並不是石頭做的。」石頭做的，是指監獄。最後安迪在瑞德假釋審察駁回後，送了一支口琴給瑞德，也送給瑞德希望。那支口琴正是布魯斯口琴。

那一天，乍寒過後，雨淅淅瀝瀝落下。

我進到病房吹奏口琴，病友跟著哼唱，還真得是有模有樣的。那天吹奏〈望你早歸〉。活動結束後，阿龍找我聊天，他的眼睛差不多瞎了，嚴重的弱視，畏光，阿龍戴著一副太陽眼鏡，將墨鏡摘下時，眨巴眨巴的眼露出眼白，為了怕他跌倒，他被強制坐在輪椅上。阿龍約五十歲了，以前是拿卡西的樂師，還會寫歌……有時阿龍還會糾正我吹錯的音調。

「心理師，我那時候最大的願望，就是和阿梅在一起。」阿龍幽幽地說著他的故事，墨鏡片後的眼皮眨巴著那雙弱勢的雙眼。」

「有在一起嗎？」

「有……」

「阿梅是哪兒的人？」

「她是原住民。」

「哪一族的呢？」

「布農族的。」阿龍接著說：「黑的……」他乾笑了兩聲，「我的眼睛是弱視，其實是看不到的啦！就算白得像阿美族、泰雅族的女生，我也看不到。不過……」

「阿龍，想說什麼？」

「布農族的腿倒是短了一點，哈哈！」阿龍笑了。

「你不是看不到嗎？」

「心理師，你沒有結婚嗎？不會用摸的喔！真好笑。」阿龍笑了一頓。

阿龍雖然接近失明，看不到光明，但他談到阿梅時，臉上映出的光彩，就像太陽照在他的頭上，看不到，卻感受得到溫暖。

「她在拿卡西坐檯，客人少，常常被經理罵。我就安慰她，久了，有感情……我們就在一起了。」

「你們在一起多久了？」

「兩年……」

「我怎麼沒看過她來看你？」每次來看阿龍的都是他的妹妹。

「她走了。」阿龍難過地說。

「我確認一下，你所謂的走是什麼意思呢？」

「離開我，不知去向。」

阿龍沉默一會兒，接著他哼〈望你早歸〉的調。

「阿龍，想唱就唱吧！」

阿龍斜歪著頭，清唱唱出哀傷的歌聲——

每日思念你一人
昧得通相見
親像鴛鴦水鴨不時相隨
無疑會來拆分離……

他緊皺眉頭，給人痛苦的感覺，唱完後，竟嗚嗚咽咽地哭了起來。在為阿梅哭泣，為她那受苦的生命哭泣，看著激動的阿龍，我深深覺得阿梅是讓阿龍感動的女人，阿龍說：「每次想到阿梅都會哭。」

阿龍哭不停，護理師惠珍回報值班醫師，醫師到病房看他，阿龍只是哭泣，不想說任何話，醫師下醫囑指示惠珍為阿龍打針劑。

兩天後，阿龍的妹妹來會客，面會阿龍結束後，我和妹妹談了一下，妹妹說：「阿龍和阿梅，只在一起一年多一點點。」

「可是上回阿龍說他們在一起兩年呀。怎麼回事？」

「他們在一起的第二年，阿龍的眼睛完全看不到了，剛開始阿龍還很願意治療，半年後就自暴自棄了。」

「那……阿梅呢？」

「阿梅的命很不好。」妹妹難過地說。

「她怎麼了？」

「小時候被賣……在茶室。」阿梅停了一會兒，「有做S……」。

「性交易呀？」

妹妹點點頭，「結果阿梅染上HIV*，她怕阿龍擔心，不敢跟阿龍講，但我感覺她還是很愛阿龍的。她的身體慢慢走下坡，阿龍也在鬧脾氣。她很生氣罵：『阿龍，你這樣自暴自棄，從今後我只喊你——起床、吃飯、睡覺，我不想再管你。』從那時起，阿梅每天只對阿龍說這句話——起床、吃飯、睡覺。後來阿龍心情平復了，終於配合醫師的治療。阿龍的視力慢慢有起色了，可以看見東西了，但阿龍看到的都是模模糊糊的。」

「阿梅，怎麼了？」

---

*人類免疫缺乏病毒（Human Immunodeficiency Virus）的簡稱，是一種破壞免疫系統的病毒。

「在阿龍治療的這段時間，阿梅應該是沒有按時服藥，發病了……」

「是自然死亡嗎？」

妹妹搖搖頭，哭著說：「臥軌，自殺。」

我的腦海閃過，火車疾駛而過的畫面。

妹妹拿出面紙拭淚，「阿龍，起床；阿龍，吃飯；阿龍，睡覺。那時阿梅每天真的只對阿龍說這三句話，目的是為了讓阿龍習慣，後來阿梅才錄好這些話。她自殺前特別叮嚀我：『記得要放給阿龍聽。』」

「妳怎麼對阿龍解釋呢？」

「阿梅生前交代：『如果有一天我不在了，千萬不能告訴阿龍我回部落了，他會去找我。記得和阿龍說我去別家拿卡西當小姐，找不到了。』」妹妹哭了，「我當阿梅是開玩笑的，沒想到……」淚水直流。

「唉！那是阿梅透露出自殺的訊息呀！」後來的事，我就瞭解了——阿龍思念阿梅，為情自殺，被警察送到醫院，轉入精神科6C病房。

送走了妹妹，我回到病房，今天的課程是卡拉OK歌唱，病友拱阿龍唱歌，那晚病友們聽到阿龍清唱的歌聲直誇——

「真正就懷念，記得細漢時袸，阮老爸、老母駛車時，車內時常放這條歌。」

「阿龍的歌聲，我覺得好鼻酸，娶某後，才知原來這是有故事的。」

「好心酸好難過，一個人默默地聽，心有被療癒到。」
「真好聽。」
「阿龍，你的歌聲，有夠讚。」
「可以參加歌唱賽了。」
他們為阿龍點了上一回他唱的〈望你早歸〉，阿龍拿起麥克風——

牛郎織女二個
每年有相會
怎樣你那一去全然無批
放捨會來拆分離……
阮只好來拜託月娘
替阮講給伊知
講阮每日悲傷流目屎
希望你早一日返來

阿龍歷盡蒼桑的嗓音，讓冬天愈來愈冷。我轉頭看著病房大廳的窗戶，外頭正下著綿綿寒雨，滴落玻璃窗上，聚集成注，一注一注地流下。

解夢

「阿美族的豐年祭只有男性才能主導，在祭典的流程，也多數是男性吟唱、跳舞，在開始的第一天，女性不能靠近祭典場地。尤其是海祭……」

「海祭是什麼？」我向小怡提出我的疑惑。

「Misacepo，又稱為捕魚祭，阿美族是海洋民族，相信祖先是從大海而來的，阿美族的男子必備的技能是捕魚，為求出海能得到豐富的收穫，海祭活動不准女子接近就成了禁忌。」

「這是什麼道理呢？」

「因為女人參加海祭，會讓男人捕不到海魚。」

「……」我很無言。

這是小怡與我談到性別議題時，所說的阿美族典故。

小怡是阿美族人。

第一次諮商時，小怡剪了近似平頭的短髮，穿著夾腳拖進到諮商室來。她……，不，應該用「他」，小怡是女性，但他不喜歡自己的生理性別。初次會談，我被小怡外在搞混了，可是他的聲音又是「她」，「小怡，我該用人字旁的『他』來稱呼？還是用女字旁的『她』來稱呼？」其實，都是發一樣的音。

「用男生的他，我並不喜歡女生的她！」小怡微笑著說。

小怡來會談，主要是因為與他的女朋友分手，造成心情低落，再加上，有時他會因小事莫名暴怒。這些個議題大約花了六次的會談，原本要結案了。

「心理師，我能不能持續做心理諮商？」

「學校，也有心理師呀！」小怡是花東○○大學的學生，學校有心理師。基本上，我會希望小怡在學校與心理師會談就好了。

「他們只會測驗，測驗完後，就說我有問題。」小怡的臉上，顯露了不悅的神情。「我要的不是這個。」

「是的，你想繼續心理諮商。」我想再多瞭解一些，「還有沒有其他的原因呢？」

「我不想和學校的老師談話，因為她有教我們的課。」小怡回應。

「又是諮商關係，又是師生關係，這雙重關係是會有些困擾；你心底想要談的是什麼呢？」

「我……我……想談性別傾向。」小怡囁嚅道出心中的想法。

確實在這幾次會談，我們沒有深入地探討這方面的議題。小怡表示，他接受自我的樣子，可是族人會給他很大的壓力，有時甚至喘不過氣來。這也是目前同志的處境，雖然社會的觀念已逐漸開放，但真的要融合，還遠著呢！

「可以呀！但我想會談時，由你來提出你想談的議題，這樣也比較容易符合你內在的需求。」

這些都是前話了，回到此次的會談。小怡說完阿美族豐年祭與海祭的性別現象時，我問小怡，「你今天想談什麼？」

「心理師，我最近常常做夢，而且是惡夢，讓我感到害怕。我不知道是不是與性別有關？」

我用佛洛伊德的意識、潛意識相關的理論，為小怡簡單地解釋夢，「意識是我們可以感覺到的、想得到的，你記得今天來會談、記得上課，做筆記，這些都是意識層面。潛意識是什麼？佛洛伊德用冰山解釋，海上冰山露出來的是意識，在海平面以下的部份就是潛意識，遠遠大於海面上的冰山意識。意識覺察不到潛意識，卻會受到潛意識的影響。潛意識會透過夢來告訴我們一些訊息，而這些訊息是隱喻的，不會明示的。」小怡點點頭。

「小怡有沒有在半夜起來上廁所小便過？若是有作夢，通常夢境會出現什麼？」

「我有一次夢見去山裡的溪，醒了之後，就去上廁所了。」

「是呀，你看夢不會告訴你要尿尿，而是藉由夢的喻境告訴你相關的訊息。」

我說明完後，小怡說出他的夢境，「我常常夢見我到了殯儀館……」

「常常的意思，是指何時開始的？」

「高中。」小怡繼續，「最近我夢見我在殯儀館，看到一面牆，牆後是冰櫃，每一個櫃子內放著一具屍體。那面牆上好多照片，只有我一個人在那兒，陰森森的氛讓我很害怕，我不斷地鞠躬，有三張照片，讓我印象很深刻，他們是軍人，但沒穿軍服，兩位穿白的衣服，一位穿紅的衣服……我就驚醒了。」

「常常夢到這樣的情節嗎？」

「這個情節是第一次。」

「殯儀館，讓小怡想到了什麼？」

「人生的終點，還有失落。」

「死亡是失落，而且是人生最大的失落。至於屍體，小怡聯想到的是什麼？」

「是沒有生命的身體……」小怡欲言又止。我微笑示意小怡繼續說下去。

「我想到我的身體器官……我很討厭我的性別象徵的器官，乳房、陰部……，從高中起，我就很厭惡有它們的存在。我曾經想過，要做手術。」

「變性手術的費用滿高的。」

「對，但是我會朝著這個目標前進。」

「白衣、紅衣，你想到了什麼？」

「白衣是衛生棉，紅衣是月經。濕濕答答的感覺，我很不喜歡……」

「心理師，我剛剛閃過一個念頭。」小怡出現頓悟的神情。

「嗯，說說吧！」

「軍人給我的感覺是很粗暴的，脾氣很不好……每回我生理期時，情緒很容易發怒。」

「小怡，你說過從高中起，開始作殯儀館主題的夢境，那時對性別傾向開始自覺，不喜歡自己的女性身體，但又擔心被別人發現，會讓你感到害怕……」我微笑地幫小怡統整。

「小怡，這麼多的照片，都在看著你……你擔心著目前的處境。」

小怡嘆了一口氣：「唉！心理師，其實我很孤單的。」小怡話題一轉，「我們班上都知道我是同志了。」

「發生什麼事了？」

「我的一個好朋友說出我的性向。」

「間接出櫃。」

「也算是啦！所以我把頭髮理短了，作了宣示。可是我又擔心，又害怕……只有我一個人面對著。」

「這樣子的境況，反映到你的夢了。」

會談結束前，我請小怡以一句話來說說自己的心情，小怡想了一想說：「我感覺今天的解夢是——佛洛伊德解夢，不是周公解夢。」

小怡解開夢的疑惑，臉上浮現頓悟的微笑與我道別。我看著窗外夏暑的金黃陽光，想著東海岸的阿美族豐年祭又要開始了。

她裝在他的身體

農曆年過完，步入春天時節，天氣說冷，有時感覺到不冷。說熱，有那麼一點，但又不似真實的夏熱。春天常常是這樣子的，沒有嗅到春的氣息，可是一切都發出了春的味，有那麼幾天，會覺得冷颼颼的；又有那麼幾天，會覺得癢癢的，熱汗一出，衣服都覺得骯髒。空氣裡有時候瀰漫著一股濕濕的感覺。春天可以說是一個尷尬的時節。惟唯就是出現在這個時節裡。是主任轉介給我的，頭一回會談時，我看不出他的生理性別是男性，惟唯裝扮十足的女人味。我看著轉介單，寫惟唯是男性。我心理有譜了，我介紹自己後，「可以告訴我，該如何稱呼你嗎？」

「惟唯。」

「是……？」我分不清是哪個字。

惟唯寫在筆記本上，再給我看，「惟唯。」

「謝謝，我瞭解了。」我好奇問：「一個是心字旁，一個是口字旁。」

「對！我希望大家都可以心口如一地對我。」

惟唯，國立大學畢業，學廣告設計。幾次會談後，他說：「心理師，當我喜歡上我要交往的對象，害怕就會跟著來，日日夜夜，緊緊地抓住我，只有看到他，害怕的感覺才會消失。」

我點點頭，「你很擔心你的伴侶不理你，或是離你而去。除了剛分手的這一位有這樣的感覺外，其他人也是嗎？」惟唯剛剛結束一段戀情。

「我交往過三位伴侶，他們都是異性戀，我都會有這種感覺。」

惟唯想要變性成為女性，他喜歡異性戀的男生，喜歡與男生談心的感覺，喜歡與男生牽手的感覺，喜歡與男生擁吻的感覺。但他交往過的伴侶，是不是與他一樣地喜歡他？這就不得而知了。

「惟唯，你能不能多說一些，陷入到孤獨的情緒後會發生什麼事情？」這時窗外落著濛濛細雨，我瞧見一隻寂寞的鳥，在哀鳴著尋求蔭蔽。

惟唯低著頭，緩緩說道：「我沒有辦法控制我的行為，我會一直打電話給他們，問他們在做什麼？為什麼不理我？」

對伴侶的親密關係，會有與父母關係的影子，會將幼時希望從父母身上得到的，投射在伴侶的身上，「小時候會有類似的不安情境嗎？」我問。

惟唯思索了一下，「小時候，我是由爸爸帶的，到了國小四年級才由媽媽帶。小時候爸爸上班，留我一個人下來，我就在家看電視，那時我沒有感覺，可是我現在想起來，我覺得那個小朋友很孤單，會很想哭。特別哥哥有了孩子後，我看兄嫂很會照顧孩子，我就想如果我是哥哥的孩子該多好。」

惟唯眼眶的淚，快滿出來了。他用雪白纖細的手指，輕輕地將淚拭去，「我還記得媽媽，離開家的時候，爸爸坐在客廳，媽媽要走，爸爸不說一句話。」我將一盒面紙放置茶几，示意惟唯可以擦淚。

惟唯強忍著，「我哭著拉住媽媽，不要讓媽媽走，媽媽要我去洗澡，說等等帶我出去玩，我很快地洗完澡，身子沒擦乾就跑出來了，媽媽不見了，客廳只剩爸爸眼神空洞地抽著煙，我不停哭泣，哭到累了，睡著了。」惟唯啜泣了，傷心地哭著，傳來了他的孤獨。

「心理師，可以抱我一下嗎？」泣淚沾襟的惟唯渴求著。

我點點頭，抱著惟唯。他在我的懷裡哭得澈底。惟唯愈哭愈傷心，像是要把多年的委屈一股勁地泣洩出來，惟唯突然緊緊地抱住我，我們四目相對，頓時我看見他眼中有個漩渦，我好像被吸入進去了，身體變得好沉好沉，我們沉默了。良久，我輕喚：「惟唯……惟唯……還好嗎？」

終於他鬆手了，抽紙拭去淚水，給我一個微笑，隨後他又哭了，再次抽紙拭淚。我聆聽惟唯的故事，看著惟唯哭紅的眼，長長的睫毛一眨一眨的。同時間，我覺察到我的心底有股異樣的情愫生起。

我得拉回到我的安全界線裡，「惟唯，我感覺到你的難過，難過的背後是委屈，那個核心是渴望著對等的尊重。」

惟唯低頭看著茶几，「我喜歡的人都是異性戀，我會和男友周邊的女人比較、競爭……」惟唯沒有自信地低聲說道：「我知道我比不過真正的女人，我沒有乳房，我沒有陰道，更沒有辦法懷孕。」

「是的，我感覺到，惟唯你一旦自覺比不過，就會難過，悲傷，害怕男友離開你，於是開始不安，想勒住他們，緊緊地抓著不放手。」

惟唯看著窗外，雨停了，偶現的一抹斜陽，映出的夕暉，點綴在烏暗的陰雲裡，就像惟唯的期盼——對男人，對心理師，那麼一點點的盼望，總是在陰暗的雲裡，不多時那暗沉沉的黑夜，就會覆蓋在惟唯的心上了。

接下來的會談，惟唯揭露了他與異性戀男友的戀愛經過，結識—相戀—性愛—裂痕—分手。惟唯表示他是真心地愛著他的伴侶，但伴侶總是會心口不一。惟唯很害怕他接觸的男性伴侶只是為了好奇他的身體而與他交往，擔心一旦有了親密行為，就會離去，「我怕他們只是玩玩，膩了，就走了。」

「我們總是在黑暗中探索彼此，而不是光亮。那天在旅館……漸漸地我聽見他滿意的低吟，而我也鬆弛下來。一切都是這麼美好，只是從旅館出來後，他不願意在街上牽著我的手，我就在街上震徹天地般地歇斯底里了。」

我們會談了半年，每兩週一次。在這兒會談過程中，我感受到惟唯內心有不安的靈魂，透露出：「為什麼我要被困在這兒呢？如果我一定要被困在這兒，為什麼我又無法安於命運呢？」

後來，惟唯告訴我，他要出國了，開啟他另一段人生旅程。最後一次會談時，我請他說說這段諮商歷程，帶給他的感受。

「我……有把感覺寫下來。」

「喔！」惟唯是學廣告的，常寫文案，我曾邀請他可以將感受寫出來，再好好陪著這些感受。

「我唸給你聽，好不好？」惟唯像個小孩，臉上是快樂，又是祈求的神情。

「好呀！」我點點頭。

惟唯一字一句唸出來——

感覺

昏沉中　我的來與去

藏著一團莫名……

說不清是什麼

彷彿是愛情曾經來過

我好像有感覺

又似沒有感覺

惟唯低頭看著地面，「那是一種淡淡的情懷……」眼睛一眨一眨的，長長的睫毛跳動著。

我心中有些悵然，我知道那個感覺是什麼？

「周……」惟唯欲言又止。他接著說：「牛……」

我心頭微微一怔，雖然在會談時，我會說個案可以直接稱我的名字，但他們還是以心理師的職稱來稱呼我，這回是我頭一次聽見有個案直稱我的名字。

「你可以給我聯絡你的方式嗎？」惟唯怯怯地提出來。

我沒有答應惟唯。

「我知道了，心理師。」惟唯改了稱謂。

「謝謝你。」惟唯用離情的調語說著我常提醒的話，「我會活在當下，好好愛自己。」

一年後，我收到惟唯自國外寄來的明信片……上頭寫著一首小詩：

愛是什麼
愛是
歐吉桑與相簿裡的歐巴桑相遇
聊著愛情
一個天一個地的距離
愛……穿越……
靠著思念傳遞

悵然的感覺又來了。我想在多年之後的某一天，我會想起有一位女人的靈魂，曾經與我互動過，但她卻是裝在男人的身體裡。

小強的實驗

「心理師，我覺得我的壓力很大。我不開心……我知道自己的心生病了……」

「你怎麼了？」

「壓力大就會想哭……」

「所以是常常哭了喔！」

「是，但我並不想常常哭，因為眼睛會痛……總覺得自己總是一個人……沒有伴可以說話陪伴。」

阿政，十九歲，在學學生，是高功能的特教生。到醫院來諮商，通常是以非學生身分者為主，學生在校有教育的相關資源。阿政有向輔導室提出申請，但媽媽覺得太慢了，就轉介到我這兒了。阿政的父親是學校校長，他和父親的關係有些緊張；母親是教會主日學老師，阿政常常和母親談話，但比較少談心事。哥哥也在念書。阿政國小功課尚可，國中退步了，且人際關係不好，肇因是國中交了個女朋友，分手後女友散布一些對阿政不友善的事情，另外是惹到一些大哥級的同學，向老師報告，老師把阿政的事在課堂上說了，要求這些大哥級的同學不要找阿政的麻煩，結果阿政成了抓耙子……下場很慘。到了高中，阿政突然長高長大，喜歡打球，但個性卻退縮了，有些孤僻。

「能不能多說一些，是什麼事情造成你的壓力？」

「同學都會開我的玩笑。」

「是人際關係造成你的壓力了。」

「阿政，你心頭期待的人際關係是什麼呢？」

「是正常的相處呀！」

「喔，是有一些不愉快的事情發生了。」

「他們會惡作劇，模仿我一些動作，說我很像蟑螂，然後大家都在笑。」

「小強？」我滿心的疑惑，阿政生得不差呀！「怎麼可以用這個形容詞，聽到後，心情當然會很不好，當他們做出這些行為後，你的反應是什麼？」

「我很討厭這樣子，然後變得很不開心，可以一整天都不理其他人。接著我會覺得很孤獨……」

「看樣子，會因為這件事情生悶氣，接著就難過起來了。」

我思考了一下，想從另一個角度切入，引導阿政來看他的人際關係。「阿政，心理師問一下，在班上你比較談得來的好朋友有幾位？」

「好像是四到五位同學。」

「很好呀，有這麼多可以談話的同學。另外，不好的，會鬧你的同學有幾位呢？」

「我想想，只有兩三位。」

「是的，我再瞭解他們鬧你的頻率是每天嗎？」

阿政搖搖頭，「沒那麼多啦，大約是一個星期一次。」阿政補充，「其實他們叫我小強是有原因的。」

「發生什麼事？」

「心理師，網上有流傳可樂殺死蟑螂……你知道這事嗎？」

「我聽說把蟑螂丟進可樂，幾天後就分解了。」

「對，我和同學說那是因為可樂是偏酸性，用檸檬汁也可以達到用樣的效果，甚至更快。」

我聽懂了，以我對阿政的瞭解，他會認認真真地抓小強做實驗，於是他費勁兒地抓了五隻蟑螂，「這是上個學期的事兒了，只是他們想起來，就隨口說說了。」

「好的，心理師想想喔，他們起鬨鬧你，大家笑了。你就一天都不理人，心情不好了。」

阿政點點頭。

「如果那一天你放學後，去找其他的同學，問他們早上你們在笑什麼？他們會知道嗎？」
「可能會知道！」
「一週後呢？」
「可能……」
「一個月後呢？」
阿政答不出來了。
「阿政，你在想想一年後……十年後，他們還會笑嗎？」
阿政會意過來了，笑笑地說：「早忘記了。」
「所以，問題出在哪裡？」
「念頭上。」
「是呀！」
「其實人家用這樣的方式，剛好是給你一個功課，讓你學著如何處理自己的念頭和情緒，想看看多少所謂的好學生，一直都拿前三名，大學念名校，結果一遇到挫折，就受不了了。你知道該怎麼做了嗎？」
阿政笑著說：「我知道了。」
時間到了，阿政笑著離開了。
我想起在部隊當兵時，長官常常說的：「在部隊裡，誰最能生存？無關學歷，是特質決定一切，是什麼特質呢？要像打不死的蟑螂，牠就可以在任何逆境中生存。」

經過了福利社，我想買個飲料，熟識的福利社小姐拿一罐可樂給我。我想到了小強分解在可樂的場景，突然有點噁心，「不了。」

「怎麼？變了。」

「是呀！人都會變的。」

「那你自己選。」

我看著冰箱，各式各樣的飲料，映入眼簾，一時間，不知道喝什麼是好？

下一次的孤單

「心理師，我不想再繼續談下去了。」小翎邊說邊哭地進來諮商室。

「怎麼了？發生了些什麼事情呢？」我有點訝異，將面紙放在茶几上。

小翎晤談是第五次了。她因為失戀走不出來，一直在困在情傷裡。她形容那種感覺，是對任何事情都提不起勁來，內心不斷地自責，某些曾經出遊過的地方，就是不敢去。光是想就讓自己難過了半天。

「我覺得很痛苦，不想再繼續談他了。」小翎神情憔悴，看樣子這幾天都是失眠的狀態。我的訊息不足，「能不能再多說一點？讓我瞭解清楚一些。」我問。

「我這幾天上網瀏覽了不該瀏覽的網站。」小翎又哭了，抽出面紙拭去眼淚。接著說：「我上了他的社群網站，看到他和女友出遊的照片。」

我幽幽地嘆了口氣，「唉！」當初，小翎告訴我，她決定要封鎖前男友的網站，「當下妳的情緒就這樣爆發出來了嗎？」

「不是，看了時候，我沒什麼感覺。隔了一天，才爆發出來。」

小翎的個性是很壓抑的，她曾對此感到很困擾，我教導她一些放鬆的方式，「心理師教妳的放鬆技巧有運用上嗎？」

「都已經氣爆了，怎麼用得上。」

「可以說說那天發生的事情嗎？以及後來你是用了什麼方式，調整自己的情緒？」

「那天我向媽媽說了，我很難過，我一直哭，我心理在咒罵他們死。」

「很憤怒的情緒。」

「我接著又感覺到很難過，為什麼又讓我再面臨這個局面？我心中又自責自己的沒用，遇到這樣子的事情只會哭泣。」

「我感覺到妳有悲傷、無助。」

「後來我就禱告，情緒才降下來。」

「能不能說說妳怎樣向上帝說的？」

「我說，上帝，我相信祢是公平的，公義的，祢會幫助我處理他們的，祢會對我展現公平、公義的……」

「充滿了委屈的心情。」小翎又哭了，我得讓小翎把情緒渲洩出來，「小翎，委屈背後妳感受到的是什麼？」

小翎抽出面紙拭去眼淚，「孤單……」

「帶著情緒，繼續說出妳的聯想。」

「火山……孤單的火山……」

「好的，很好……再來……」

我給小翎紙筆，小翎寫出：

孤單的火山
重複地爆發
烈焰
燒掉原有的渴望
失敗熔岩滾來
燒炙肉體

打開蓮蓬頭淋浴
清洗焦黑的心……
一切歸於平靜後
又得迎接
不知所措的更孤單

小翎一遍又一遍讀著，透著孤單，像在颱風夜裡獨自一人，迎面橫掃的風，帶著勁雨……

「小翎……」我沉默了。

俄頃，小翎的鼻腔一酸，淚就湧了出來。哭倒在我的懷裡……過了一會兒，坐回原姿，抽紙拭淚。

「小翎，妳是怎麼和自己的難過、悲傷、無助、憤怒、委屈……對話呢？」

小翎梨花帶雨，一臉狐疑地看著我。我給她一個溫暖的微笑：「這些就像妳的內在孩子，難過的孩子、悲傷的孩子、無助的孩子、憤怒的孩子、委屈的孩子，剛剛我就看到這些孩子出現在妳的身上，妳的臉上。」

「我氣都氣死了，怎麼對話？」

「妳剛剛進門說，『心理師，我不想再繼續談了。』我若說：『好的，妳現在就可以離開了。』而且立刻開門讓妳走，妳的感覺會是什麼？」

小翎破涕為笑，「我會很訝異，很難過。」

「是呀！因為我拒絕了妳，但是我沒有這樣子做，我包容了妳的情緒。當難過的孩子、悲傷的孩子、無助的孩子、憤怒的孩子、委屈的孩子出現時，爸爸、媽媽沒有好好照顧，反而大喊：『不要再鬧了。』小孩雖然立刻不哭了，可是等到下一次情緒的反彈更大。」

我接著說：「你可以試著和自己說：『小翎，這是一份難過，是的，我感受到了，我陪著妳。小翎，這是一份悲傷，是的，我感受到了，我陪著妳。……』一次接著又一次，不斷地說，說到情緒平靜。」

小翎點點頭。我安排好了下次的會談時間，她帶著微笑離開，但忘了帶走她寫的詩了。我細細讀了一遍，為這首詩命名為〈下一次的孤單〉。

假髮

天空充滿著霾，陽光普照的世界，總是不怎麼透澈、明亮。戴口罩的騏光走在街上，遠遠地看見小杏走來，見她帶著孩子，兩人都佩戴口罩。

「你還好嗎？」騏光問。

「挺好的。」

跟在一旁孩子是個小女生，立刻躲在小杏的身後，低聲問小杏：「媽媽，他是誰？」

「叫叔叔。」小女生怯怯地看著騏光，不發一語。

小杏撫摸小女孩的頭髮，「孩子怕生。」

騏光對小女孩微笑著。

「你呢？」小杏問。

「我也挺好的。」騏光看著小杏的女兒，軟軟的自然鬈短髮，「孩子真可愛，多大了？」

「三歲。」

騏光沉默了，想起三年前……

那天小杏來找騏光。

「我感覺我的心被掏空了。」

「怎麼了？」

「昨天又不小心碰觸到心底的記憶，疤痕下的傷口仍在。」

「願意說說嗎？」

小杏默然，之後她說：「我想起十三年前選擇燒炭自殺的前男友……我的心……」

「好像被掏空了。」騏光想起一開始小杏說心被掏空了。

小杏點點頭說：「你知道嗎？我一滴眼淚都流不出來。」接著小杏幽幽道出：「他自殺那天，我獨自搭火車回到臺東，只淡淡地跟我爸媽說：『他燒炭自殺了。』然後我就回房間了。……」

騏光想起，小杏會來諮商是她的爸媽強帶著她到身心科，醫師評估後轉介給心理師。第一次會談，小杏的爸媽陪著小杏一同而來，爸媽一臉疑問，「怎麼會事情過了這麼久了，就這麼一個晚上，整個人的心情就到了谷底？」騏光看到的是滿臉擔心、害怕的父母。

騏光沒有打斷小杏，只是讓小杏說，說出她想說的，「面對著前男友爸媽白髮人送黑髮人的痛苦，我選擇把自己的心痛強壓到心底，只專心處理著其他的事情，甚至是不相關的事兒。」

「那時妳只是選擇壓抑。」

「是的，當時只有二十五歲的我，不懂為何前男友要選擇這種方式離開？」

「我感覺到妳內心充滿了疑問？」

「對的，為什麼在我提分手後的幾天，他要自殺結束自己的生命？看到他大體，我除了恐懼、自責、還增添了許多無奈。」

騏光同理到小杏。

「我一直受到前男友媽媽的責難：『妳不是說分手沒事嗎？妳不是說分手快樂，快樂分手嗎？為什麼現在變這樣子呢？』在我眼中，前男友是很有上進心的人，也很努力工作，交往多年我們一直是遠距離戀愛，他除了主業，也兼職網拍創業，只是他那時得了肺腺癌。」

「肺腺癌發現時，通常是末期了？」

「他自己一人默默承受著得癌症的病情和壓力。」

「親友們都不知道？」

「他沒有告訴任何人，也包括我。」

「我瞭解了，妳在不知情的狀況提了分手。」

「是呀！我猜想我是壓倒他最後一根稻草吧？他離開世上一年後，我到安厝他的佛寺探望，我望著前男友的照片說：『我會好好認真地活著……』」說到這兒，小杏哭了，過了一會兒。

騏光拿一張空椅*放在小杏面前，「如果他在妳的面前，妳會說什麼？」

「我會把你未過完的人生好好過完，希望你在另一個世界也過得很好。」小杏流著淚，「也謝謝你曾經參與過我的人生，讓我體會到生命的無常，要好好珍惜片刻及身邊所愛的人。」說完後小杏澈底地大哭。

那次小杏哭完後，沒多久就結束了會談。

騏光沒想到又在大街上與小杏相逢，只是騏光覺得小杏瘦了許多。

「原來我們結束會談那年……妳就結婚了。」

小杏點點頭。騏光依稀記得小杏的頭髮是鬈髮，像她的女兒一樣是自然鬈，可是騏光看到

---

*心理治療中，使用的空椅技術。

的是直髮。

「你的頭髮……」

小杏沒說話，她想起以前還有些許頭髮時，要用髮網固定假髮；而今頭髮掉光了，靠著是髮膠……其實，那個感覺是不舒服的。她下意識撫摸她的假髮，這是以真人的頭髮製作的。小杏慘白地微笑，「換個心情，我把頭髮洗直了。」

「那時妳的頭髮是鬈髮……」騏光看著小杏的女兒，「就像小妹妹一樣……」一旁的小女孩的眼閃過一絲絲怯意。騏光微笑說：「一樣……可愛。」

小杏緊握著她的包包，裡頭放著化療單，病因同前男友一樣寫著是「肺腺癌」。

天空仍是濛濛的，飄滿了細細微微的霾。

平靜

臺灣的忠烈祠前身多半是日本人占領臺灣時所興建的神社。臺東縣的忠烈祠*則是臺灣

* 有關臺東縣忠烈祠的相關資料，可參閱國軍後備指揮部網頁。

人建的，最早可溯源到清末——昭忠祠。日本人占領臺灣，改建為神社。政府光復臺灣後，於民國五十年整建為忠烈祠。殿內祀奉黃帝遠祖靈位、革命先烈烈士、開國、東征死難之軍民靈位、金門八二三砲戰烈士靈位、為國捐軀的臺東子弟靈位以及開發臺東罹難的先賢等。牌樓上還有前監察院長、中華民國開國元勛，也是名書法家的于右任的提字「國殤永憶」，引人無限哀悼。

我很喜歡忠烈祠的清雅。大過年的，寒流來襲，我坐在石階上，遠方零零落落的爆竹聲，我享受片刻的寧靜，念頭驀然閃過我和青的對話了。

「我很喜愛忠烈祠的環境。古木、飄零的落葉，再加上斑斑駁駁的祠寺。座落在半山，山形成環抱之勢。在那兒，可以得到清靜。我幻想這裡如果像武俠小說，有和尚住持，袈裟、清風、落葉，就更為典雅了。」青幽幽地道來。

「喔！青，你說的是咱們臺東，鯉魚山的忠烈祠？」

「是的，心理師，就是那兒！」

「六〇、七〇年代，那裡是臺東的旅遊景點，旁邊還有龍鳳寶塔。不過這些年，鐵花村、音樂季都在那附近辦，很多旅人會往那兒去玩，但知道忠烈祠就在附近的人就不多了。忠烈祠的下面，還有卡拉ＯＫ，許多人會在那兒唱唱流行歌曲、老人群聚打牌，擾了這份幽靜。」我對青說了我的想法。

「打擾歸打擾，但我還是喜歡它的那份寧靜。透過祠的窗子，看著一座座樸質的靈位，打心裡就起了那份安靜。靜靜地思念，靜靜地等待。」青回應我。

「青，在思念誰？在等待誰？可以和心理師分享嗎？」

青沉默了一會兒，接著說：「我記得那天颱風來襲，有風、有雨，但還是可以外出，我和她約在了忠烈祠見面。」

「她是誰呢？」

「一位讓我哭、讓我笑、讓我想在夢裡重逢的人。」

「嗯！我感覺是很重要的人，讓你放了許多感情。」

青的臉上浮出一抹微笑，那股笑意給我的感覺是苦澀的、無奈的、輕鬆的，也有一些快樂，我引導青，「可以多說一些嗎？」

「我對她說外在有些不平呀！好像今天雨和風，也一如我的生活，有起有伏。也許她看出來我的心事了，但我沒講。有些事兒，我一個人知道就好了。可是，外在的……總打亂平如水的心湖。」

「你們現在還在一起嗎？」

青嘆了一口氣，搖搖頭。我看著轉介單上寫著青轉介的原因是「關係失落……憂鬱……失眠……」

「青，願意談談她嗎？」

諮商室裡默然一片。青拿出了紙筆，看著我。我點點頭示意著，「可以書寫，也可以繪畫……」青緩緩寫出〈思念的動力〉——

於是思念妳成了
讓我靜的動力了
思念是一種等待
就像是在忠烈祠的等待
很靜　很靜
哪怕有喧鬧的聲音　還是靜
忠烈祠　就是靜
在那兒靜靜地
等著人來參拜
在那兒靜靜地
等著人來尋找內在的力量
就如我的思念
也是靜靜地在那兒等著
思念無語　但靜默有力

青不再言語，寂靜在我內心生起。隨後，許多念頭飄浮，我亦隨之飄浮，最後停在扎西拉姆・多多寫的〈班扎古魯白瑪的沉默〉——

你見，或者不見我
我就在那裡
不悲不喜
你念，或者不念我
情就在那裡
不來不去
你愛，或者不愛
我愛就在那裡
不增不減
你跟，或者不跟我
我的手就在你手裡
不捨不棄
來我的懷裡，或者
讓我住進你的心裡

默然相愛寂靜歡喜

起風了，捲起殘葉。我坐在石階上，靜靜地伴著忠烈祠，忠烈祠也靜靜地伴著我……農曆新年，火樹銀花，爆竹聲響遠遠近近……新的一年來了。我也想起我心頭上的那個人，過得好嗎？有找到你所要的嗎？有好些日子是在昏黃燈下，讀著我們那時的點點滴滴。一步一步地練心、磨心，從心解構，從心體驗，重新瞭解心，從重心的內在對話做起，我試著找出一條路，每日禪坐……改變正在進行，誠惶誠恐地前行。我想我得找出一個適合普羅大眾的方式，就從我自己，自己的感覺，自己的想法與自己的體驗開始，就在這個忠烈祠，面對忠靈的靜瑟與普羅遊客的喧鬧，我悄悄地對自己說，「我很想念你。」也因著你，我整理了內在，也悄悄地發了這個願。

憂鬱過後

不要再用未來的幸福自我安慰了。它毫無意義，也不是你應得的賞報。因你現在擁有自

由之身。——《活出奇蹟》[1]

阿兆，男性，年紀二十五歲，碩三生，醫師診斷是憂鬱症。他曾經對我說：「我藏著後悔的過去與窒息的未來，審視現在只剩下憂鬱的當下，我懷疑是否是我的害怕殺了我的一切？」

阿兆，長期家暴目睹兒，上頭有個姊姊。爸爸常常毆打媽媽，尤其是在阿兆面前，打得更凶狠，罵得更惡毒。若是阿兆在哭，爸爸的情緒更會失控，「XX娘，哭啥！只煩惱沒錢，還擔心沒有老母，幹！你再哭，連你一起打。」然後大吼：「不准哭！」

狂風暴雨後，阿兆抱著媽媽傷心流淚，「在國小四年級時，那時爸爸和媽媽離婚了，媽媽在麵店工作，我去找媽媽，她告訴我不要和爸爸講她在哪兒工作。有一天，爸爸又喝醉了，不准我上學，要我說出媽媽在哪兒？我不說，爸爸煮了一鍋飯，要我吃完，我哭著，硬頭皮吃著，吃到吐……。我實在是沒辦法了，只好說出來了，之後爸爸騎著機車載我去媽媽上班的地方……」

這件事情讓阿兆有很深層的罪惡感和自責，那一年，他不敢找媽媽，「是我背叛了媽媽。」

這幾次的會談下來，他開始覺察，瞭解自己的成長歷程是如何地影響到他的生活。今天是

1《活出奇蹟》（*Living a Course in Miracles: An Essential Guide to the Classic Text*），作者為強恩•蒙迪（Jon Mundy），中文譯者為謝明憲。啟示出版。

第五次會談。距離上次會談，隔了半個月，我特意作這樣子地安排，個案在諮商中所體會的、學到的，必須要能實際運用到生活中。

「心理師，我們這次畢業成果展，非常成功。」

「是的，我感受到你的開心。你做了些什麼呢？」

「我發現，我可以幫助人，從幫助中，得到快樂。可是……」很快地語氣轉折到憂鬱了……

「怎麼了？」

「我覺得那個快樂只是閃過，接著情緒就完全降到谷底了。」

「好像快樂的事情都不能保持下去，你思考過了這期間的轉折原因嗎？」

阿兆幽幽說：「唉！我不知道。我聽了心理師的建議，情緒不好時，試著把他寫出來。」

憂鬱過後
倖存的人
追求尊嚴
然後再用尊嚴
彌補垂死的掙扎
學習離別的悲哀

躲在白色藥丸築起的巨塔
隔離掉憂鬱的悲傷
讓我可以直視
一具具屬於我的
憂鬱的
標本

憂鬱是需要時間好好感受的情緒，像是剝洋蔥一般，得一層一層地剝開來，纖弱、自憐、悲哀，會全部襲來，觸動心的柔軟，刺激眼的淚水。前幾次會談阿兆告訴我，他很不喜歡情緒降下去的感覺，阿兆是用高強度的運動，幾近自虐的方式逃避他所不喜歡的感覺。

「寫完後，你的感覺是什麼？」

「我說不上來，我只覺得我到了谷底了。」

「你做了什麼？」

「我靠運動來處理了自己的情緒。」

「可是一到午夜睡覺時，那種感覺又回來了？」我直白地說。

「心理師，我也不想這樣呀！我希望我以後能夠有好的人生，我希望我能完成我的論文，可是我有時候就是提不起勁來，我討厭那種失落的感覺，極度地厭惡。」阿兆音量提高。

我同理著阿兆，「我感覺到你的情緒起伏，我也聽到你的『希望』和『提不起勁來』，你的內在有力量，也有無力感。」我拿了兩張空椅，「左邊的是有力量的小阿兆，右邊是無力的小阿兆，你會怎麼擺置？」

阿兆將左邊的椅子面向自己，將右邊的椅子放得遠遠的。

「阿兆，你選一個位置坐。」

阿兆起身坐在有力量小阿兆的前方，他看著那張無力的小阿兆。我接著拿了四張空椅，放在阿兆身邊，「這是憂鬱……這是生氣……這是難過……這是無奈……」

阿兆縮著身，雙腳放在椅上，雙手緊抱著膝蓋。

「除了這兩個之外還有無數的小阿兆。」

阿兆沉默不語，低著頭，動也不動了。

「阿兆，深呼吸……感受自己的存在。」阿兆深深地吸了一口氣。

「先起來，回到你原來的位置上。」

阿兆不自覺地流淚了，「他們每天都在爭奪我的身心靈，而我一直逃避他們。那個爭奪把我弄得好累……」他看著這些紊亂的空椅，「我想起多年前那位自殺的朋友……」

「那位自殺的朋友是……」

「直永，是傳道人。」

「你對直永的內在感覺是什麼？」

阿兆的眼神沒有離開這些紊亂的空椅，「他過世沒多久，我刪掉LINE裡面的內容，對話、圖片，直永對我說：『阿兆，你知道為什麼我叫作直永嗎？直永，從今時直到永遠，得著生命。』可這一回，他的生命得著了嗎？我留著他的LINE，盡傳些可笑的，以往不管他回不回，都會顯示已讀，可這回什麼都沒有！我特意地留言，傳A片，很熱鬧。但只有我一個人的熱鬧與女優假意的呻吟，直永、直永，什麼從今時直到永遠，你得不到了，就是得不到了，只有我得到A片和一灘體液渲洩之後的空虛。」

我們沉默了。良久，我溫柔細語，同理阿兆，「小我[2]每天不斷地在內在對話、爭吵、時而激昂，時而掙扎……」我看了時間，大約還有十五分鐘，我要引導阿兆整理一下他的心情，「阿兆，還願意談下去嗎？」

阿兆點點頭。

我站起來了，也邀請阿兆站起來，「阿兆，排列一下這些椅子，排成自己想要的狀況。」阿兆將象徵無力、憂鬱、生氣、難過與無奈的空椅排成一個圓緊繞有力量的小我。

我請阿兆坐上那張有力量的小我。阿兆坐好後，我請他感受了一下，剛剛的歷程，阿兆說出他的心得，「激動時像颱風，風疾雨驟。但颱風眼的中心，是無風無雨的。」

[2] 艾克哈特・托勒（Eckhart Tolle）認為，小我是心智製造的自我，由思想和情緒組成的，因為思想和情緒的本質就是稍縱即逝的。所以每一個小我都不斷地在為生存而掙扎，試圖保護和擴大自己。可參閱《當下的力量通往靈性開悟的指引》（*The Power of Now: A Guide to Spiritual Enlightenment*）。中譯為梁永安。橡實文化出版。

我說：「時時刻刻保持覺醒，才能進到平安裡，找到天堂。靜下心來，和自己對話吧！從你浮現的念頭，去覺察這是哪一個小我在運作？天堂在此地，不在彼地；天堂在當下，不在他時。」

阿兆看著我，諮商室一片沉默，他緩緩地轉過頭，看到牆上貼的一幅字，「當我生活在小我，我陷入了幻相；當我覺察小我，我得著了解脫。」

阿兆深深地呼吸，一抹微笑就在當下綻放……

自殺

今天晨會，討論一位自殺個案——小秀。

「小秀三十五歲，單親，帶著一個女兒，大學畢業，昨日燒炭自殺，被姊姊發現獲救，送到精神科急性病房。……」程醫師報告小秀的病史。接著說：「原本的診斷是適應障礙，我必須要更改為重鬱症。大家是否有補充？」

「個案常常住院，學歷還不錯，家庭支持系統良好……」主責護理師提出說明。

聽著，聽著，我陷入了沉思，小秀是我的長期個案，我和小秀會談的情形浮現在我的腦海。自殺當天是她的回診日，通常住院病人出院，若是功能好，而且也願意心理諮商者，我都會安排心理諮商。

那天小秀在診間門口等我，看到我時，對我笑了一笑，我領著她進到諮商室。她表示出院後，一切都還好，在家靜養。外婆還給了她十萬元的紅包，希望小秀早日康復，她邊說邊笑。

「最近是否有自殺的意念？或是行動？」我問小秀。

「心理師，前天……我做了……」小秀微笑，話說到一半停下來了。

「可以說說做了什麼？」我輕聲問道。

「我上吊。」天冷，小秀穿高領的上衣，我看到小秀的頸子有一條紅紅的印痕，若隱若現。小秀笑說：「我太重了，跌到地上了。」

「是的，小秀那時候的感覺是什麼？」

「心理師，自殺真的好痛！」小秀噗嗤笑了出來。

我心中暗暗生起一股情緒，我覺察到了，我深深地呼吸，「小秀，我剛剛覺察了自我，當聽到妳自殺，我有疼惜，也有難過，能不能說一說，妳發生了什麼事情呢？」

小秀沉默了，神情平淡，我看不見她的哀傷，我打破沉默，「小秀！小秀！妳在想什麼？」小秀回神，臉上堆著笑，「沒事啦！心理師，自殺很痛耶。」小秀拿出左手腕給我看，都是刀痕，「所以，我不會再自殺了。」

「我……」小秀欲言又止。

「小秀，妳在想什麼？」

「心理師，哪一種自殺方式不會痛？」小秀吞吞吐吐。

我心頭一緊，「小秀，每一種自殺方式，都會很痛，看似無事的燒炭，表面上旁人感覺不到當事人的痛苦，可是人躺著……意識仍在，但就是醒不過來……」我心想，要幫她找支持力量，我頭一個想到她女兒，問她女兒的近況，小秀的女兒念小四，小秀住院時，還能正常到校，小秀回家靜養，小女兒卻不上學了，「她不是頭痛，就是肚子痛。」

「女兒在擔心妳呀！反應到她的身體，不想上學，想在家多陪妳。妳怎麼和老師說的呢？」

「我也沒辦法了，是我媽媽向老師解釋的，細節我不是很清楚。」小秀淡淡地回應。

會談結束後，我向程醫師說了小秀的狀況。精神科的診間，隔壁診是中醫，醫師和病人有說有笑，但我沒聽清是什麼……忙著與程醫師討論小秀的狀況，離開診間時，中醫師和病人又傳出了笑聲。

我將昨天諮商情形，在晨會向大伙概略說明了一下。

程醫師說明：「當自殺個案，只剩下痛是支持她不自殺的原因時，其實就要提高警覺了；另外小秀也有一個指標，就是『喜樂不能』和『沒有特別』的情緒。昨天，我和心理師討論完，接著是小秀看診，我和小秀談她的自殺，就聽見隔壁診在討論男人的腎虧。那時很困擾，我這兒談自殺，那兒談腎虧。」晨會的成員都笑了，「可是小秀卻沒有任何情緒反應。」

我的思緒飛回到小秀初次晤談，她說：「心理師怎麼樣才能讓自己快樂？」

我用小我的概念向小秀說明，每個人的內在都有許多小孩，有的叫憂鬱、憤怒、無奈，當然也有開心、愉悅、快樂……等等，每個小我都會和自我對話，爭取注意。所以人每天都會有許多的對話出現在腦海裡，哪一個小我勝了，就會占據身心。

小秀聽了之後說：「那個憂鬱的小我，有時候讓我感覺我的生命就像是走在一條回家的上，我的心驛動著，走著走著，天上的烏雲愈聚愈多，天飄雪了，慢慢地變成暴風雪。我迷路了，找不到回家的路，那種感覺像是鬼打牆，轉不出去，腳陷在雪泥裡，很沉重，我一聲聲地呼救，就這麼地消失在風中，家竟然是那麼遙遠！」

小秀不語了，只聽見時鐘滴滴答答。過了一會兒，我說：「用溫柔的話語來和那位在雪地裡的小我對話，持續不斷地對話、對話……給她安慰，給她溫暖，不要否定她的存在……」

回到晨會，程醫師的結論是先用較重的藥，將降低的情緒，拉起來後，再由心理師會談，來調整小秀的認知想法。晨會結束後，主責護理師告訴我：「小秀最近都有一些負面想法，而且是極端的想法。」

我想起一首詩，民國初期的詩人郭沫若所寫，很傳神地點出自殺者的想法——**〈死的誘惑〉**：

一

我有一把小刀
倚在窗邊向我笑。
她向我笑道：
沫若，你別用心焦！
你快來親我的嘴兒，
我好替你除卻許多煩惱。

二

窗外的青青海水
不住聲地也向我叫號。
她向我叫道：
沫若，你別用心焦！
你快來入我的懷兒，
你好替你除卻許多煩惱。

我到護理站，透過強化玻璃，我看到小秀靜靜地坐著，她發現我時，對我點頭示意，臉上漾出一抹微笑。

阿威

「我無意識地將皮帶，繞過房上的樑，打了一個結，神情萎靡的我坐在地上，看著那個結，感覺很鈍，我知道再一步我就可以解脫了。此時我需要一點力量，我看到那瓶被我喝了半瓶的烈酒，我又狠狠地灌了一大口，喉頭灼熱，口感辛辣，讓我堅定地拿了凳子，我爬站在凳上，頭伸進結內，雙手抓著皮帶，搖晃身體，這是我最後一次對我身體的自主控制，接著我踢開了凳子……我沒有任何感覺，心想終於……！」

阿威，是初次會談的個案。他是公務員，三十五歲，男，有一個妹妹已經結婚了。父親是退休教師，母親是公務員。阿威讀國小、國中、高中時，成績都在前三分之一，大學念名校。國中、高中編在升學班，因著課業的壓力，班上同學都是以競爭為主，沒有可以談心的朋友。父親的個性隨和。母親很嚴厲，阿威回憶國中時，有一年冬天做錯事，母親將阿威趕出家，天空陰沉，氣溫很低，整個下午阿威就在外面孤獨地晃蕩，最後被父親找到，接回家來。阿威認為母親有神經質，他感覺自己也有母親的氣質。自殺的原因是因為與女友分手，和女朋友交往是遠距交往，他感到很累，很沒有安全感，相對的女友也無法承受阿威的情緒，所以主動提出分手了。這已經是一年多以前的事情，分手後的阿威一直走不出情傷，困在裡頭，終於採用這樣激烈的行動。

阿威繼續說著那次自殺，「那時我感覺到我自己存在於這個世界上是毫無價值的，我很沒有用，我喜歡的人離棄我，說分就分手，永遠也不會有任何的改變了。」

聽完阿威細細地訴說數月前的自殺過程後，我感覺到空氣凝住了，阿威正在搓著手。

我深呼吸調整不安的心，「謝謝阿威願意將這個故事與我分享，光是聽完你的陳述，就讓我感覺到心很沉重，相信你那時候進入到了非常絕望的境界了。」

「在分手那一陣子，要上班，又要維持正常的生活，可是我吃不下，睡不著，整個思想都是混亂的。」

「阿威，我相信那種感覺很痛苦，若非到了極點，有誰願意選擇走這一條路！」阿威停止了搓手，雙手放在大腿上。

「後來是怎麼獲救的？」

「我只記得，我跌下來了。迷迷糊糊中我聽到有人叫我的名字——『阿威……阿威……』，傳來的聲音很熟悉，慢慢地由遠而近。等我完全清醒時……我發現我躺在床上，看到爸爸淚眼婆娑地握住我的手……爸爸用手撫摸著我的臉，我感到爸爸手掌的溫暖，我放聲痛哭。爸爸細聲說：『我的兒呀！爸爸瞭解，爸爸瞭解……』」

阿威眼眶紅著。

我一方面敬佩這位父親沒有責怪孩子，能同理到阿威，一方面我也得緩和我波動的情緒，我徐徐地說：「你的爸爸，好棒呀！」

「爸爸好像對這一方面，很有經驗。從那時起，我開始到身心科接受治療，按時吃藥。」阿威微笑地回應著。

我想知道阿威現在是否有自殺的意念與行動？阿威表示，已經沒有自殺行動了。我說：「心理師想瞭解阿威的自殺意念，零分代表沒有，十分代表最強烈，十分之後，你可能就會採取行動了，阿威可以告訴你在哪個位置嗎？」

「我思考一下……是四分的位置。」

「喔，降下來了。可不可以告訴我，從十降到四，你做了什麼努力呢？」我主要的目的是想讓阿威將這樣子的力量，可以很具體地陳述出來。

「我按時吃藥、運動、與爸爸聊天談些心事。可是有時候，我還是會鑽到牛角尖裡，所以我想來做心理諮商。」

我給阿威溫暖的微笑，「生活在社會裡，社會上的角色期待會給男性很大的壓力，能夠尋求諮商代表有勇氣突破自我。」

「心理諮商的過程是會心的過程，此刻我與你分享我的感覺，我覺得你好勇敢喔！來到這兒接受心理諮商的男生是少數，一般人都不願意面對自我軟弱的面向，只要願意敞開胸懷，當下就是天堂了。」

兩個男人在諮商室內沉默了，彼此的心體會到一股平靜生起。

「時間到了，這一次的會談結束了。」我對阿威說。天雨了，透著諮商室的窗子，可以見到陰暗的雲層。「阿威，別怕！咱們一起走這人生路。」我內心自語著。

跟診

這是我在擔任實習心理師時跟診的經驗，與大家分享。

昨天精神科主任停診。我想今天就診人數應該很多，但沒到有這麼多，看診看到下午一時三十分還沒結束。謝謝主任的體恤，要我先去用餐，其實我是想跟診到結束，那時候我有一個簡單的想法是：會撐到最後非要看診的人，想必是有一些問題的。

主任看我不走，送我一個麵包。

從今天的學習中，我看到精神科醫師的辛苦，精神科不像其他科別，有很明顯的症狀，如感冒、受傷……。心理的不適，只能依賴言語傳達表意，所以認真的醫師看診時間會拖很長。今天的跟診學習中，我觀察到精神科醫師除了門診外，還要看急診，也要處理一些公務。時間壓縮到很緊，精神科醫師還得心平氣和地處理每一個狀況。這修煉的功夫，很難得！

今天跟診，有兩位個案值得提出討論，第一位是原住民，男性四十五歲，診斷是憂鬱症。這位個案從外表看來是工人階層，穿藍白拖，左臉受傷，有鬍渣，神情沉重。自訴有自傷行為、騎機車撞人，卻不知道自己做過這些事情。家庭內與妻子相處不睦，妻子自過年後，沉迷賭博，回家就是要錢。個案本身沒有錢，還借錢幫助小姨子買車。沒有工作時都把自己封閉起來。很怕太太瞧不起自己沒有本事賺錢。

另一位個案是社工師，中年女性，初診，診斷憂鬱症、失眠。這位個案外表穿著整齊、乾淨，給人舒爽的感覺。自訴去年工作的評鑑，給她的壓力很大，為此還去外面的身心科診所就診。

個案表示：「我沒有媽媽，是由爸爸帶大。」談到本身家裡的狀況，個案說：「我的先生幼時的經驗不佳，曾目睹母親與不同男人發生關係，後來染上吸毒、酗酒，有對小孩家暴，曾被小孩告到警察局。」

案夫對個案無肢體暴力，他知道太太是社工，很清楚家暴法。但是在言語上、精神上卻常常發生語言暴力，「有一回，他還作勢要砸我的車子，還打過小孩……」

主任打斷個案，「那種打是屬於管教性質的打？還是帶有情緒性質的打？或是其他的打法？」

「他會將對我的憤怒移轉到孩子身上，來報復我。」聽得我心驚膽戰，這樣的孩子成長後的人格極易產生偏差。

這位社工個案原本要打離婚官司，「後來我在法院看到先生帶著孩子作證，孩子說著違心的言語，我心軟了，撤除告訴。原以為先生會改，結果依然故我。」她繼續敘說，「這些不曾對之前的精神科醫師過，今天全對您說了。」這位社工個案衷心地說。

「謝謝妳願意相信我。」主任回給個案溫柔的微笑。

從心理諮商的角度來看這兩位，都是在家庭中相處模式不和諧，處遇的方式可以從系統觀點來看，家族治療、家族排序，這些都是可行。如果我是這兩位個案的心理師，我會多瞭解一些個案小時候的生活經驗，家庭手足的排序，看看個案與重要他人的依附關係（特別是父母親），像是第一位原住民的男性個案很怕太太嫌自己沒有賺錢，我會瞭解小時候的他是不是被父母親嫌過，認為他一無是處。第二位社工個案，小時候沒有媽媽，我印象深刻的是她說：「我小時候是千金小姐。」我心頭浮現的是，她應該是受到爸爸的疼愛，這樣子的疼愛方式對個案的影響為何？有沒有影響到現在她的家庭生活？這樣的依附關係被帶到婚姻關係中，成為彼此相處的模式，也許他們都知道，但卻離不開對方，互被對方馴養。

離開醫院時風吹得很急，就像今天的病患一樣。雖然時間很趕，但卻是很寶貴的一課。在風中，我猛然想起，主任送的麵包還留在診間裡。

心如工畫師

心如工畫師，語出自《華嚴經》*——

心如工畫師
能畫諸世間
五蘊悉從生
無法而不造

許多我在陪畫、看畫的過程中，所經歷過的求助者，我以「華言」代之。言字，取其與嚴同音。我將我與當事人會心的過程，以書信的方式呈現內在的感受。

*《華嚴經》，全名為《大方廣佛華嚴經》，是大乘佛教修學重要的經典。五蘊悉從生，五蘊是指色、受、想、行、識。

南迴公路

華言：

天飄雨了！

我在南迴公路上，開著車，經過大武、壽卡、楓港、枋寮、屏東、高雄，最終我會到終點。山林氤氳、旖旎，如詩如畫，似夢似幻。我感覺似乎與自己分開了，我看著自己開著車，開車的那個人正奔向另一個城市。

在醫院擔任心理師多年，服務許多個案。最近老想著如果我是「個案」，我會如何看待自己？對自己諮商呢？

山路彎彎曲曲，這條路，我十分熟悉，它很奇妙地連結了我的感情。去時，翻山越嶺；回時，也是翻山越嶺。翻山越嶺的這條路牽起了我的追尋，追尋到臺東，追尋到屏東，追尋到高雄……追尋……追尋……我就在追尋的路上奔馳著。

在追尋的過程中，我學著與自己對話，嘗試著將我自己當作個案，抽離出來，看著自己。記得我在監獄帶領妨害性自主團體，有位個案畫了一顆心，心的右半部是紅色的，裡頭有個十字架，心的左半部是黑色的。個案說：「我很想做好，也覺得自己大多的時間是像右半部的心，但也有某時我感覺自己是另外一個人，落到黑色的部份了。」我鼓勵他多和自我對話，與紅色的心對話，與黑色的心對話，探索自己，瞭解自己，進而認識自己。

擔任心理師之後，我深深體會出心理師本身就是工具，與個案互動時，必須覺察內心是如何感受到個案的感覺，所以得澈澈底底地認識「我」這個人。

華言，透過畫，你可以感覺到你自己。

華言，透過我在看你的畫，我也可以認識自己。

畫畫，畫的到底是什麼？

畫的是感覺，是狀態，我可以認同它，我可以討厭它，一次又一次在與畫的對話中，我看的不再是畫，而是我自己，不為人知的自己。

以下，就從看畫經驗，從看你華言的畫開始對話，瞭解這個人的想法，瞭解這個人的投射，這個人不是別人，正是我自己的內在。

周牛

這幅畫給我的感覺

華言：

這幅生命的輪，你最後的結語是——「一切會流向寂靜，流向黑夜的心……」你希望我可以給你一些回饋，於是我將它整理書寫。

回想起今天我們在會談室的整個歷程……

一開始，我將蠟筆、畫紙放置在你的面前，你遲疑了一下，懷疑自己是不是能畫。我鼓勵你，放下心，像個小孩拿筆就畫吧！

「華言，你可以畫出自己的生命輪。」

你抬起頭來看了我一眼。

我用眼神暗示，「你選一個你喜歡的顏色？」於是你打開了蠟筆盒，輕輕地撫摸每一支蠟筆。

「用你選的那支筆。找一個點，畫一個圓。那個點是起點，也是終點。」

過了一會兒，你拿起蠟筆作畫。

你很快地畫完了一個圓。在圓的起點上，你寫了零歲，「我不知道，我可以活多久？」

「是的，每個人都不知道自己可以活多久，只知道自己到目前為止，活了多久。」

你思考了一下，在圓周的某個點寫了三十歲。

接著你開始畫了，完成了生命輪。我端詳了一下，這幅圖，最外圈用的是黑、紅兩色，這兩輪的蠟筆色觸感很重。

從圓心連結到零歲起點，向右滑向三十歲的點，那個面用的是淺綠色系。三十歲也就是現在的你，用的是橘紅的粗線，連結到圓心，你告訴我：「橘紅色是一種熱忱。」

三十歲一過，你用的是深咖啡色，延伸到四十歲，整個面都是。四十歲和圓心的連結，沒有特別的顏色，與三十歲的橘紅是截然不同的對比，再來就是黑色了，你說：「到五十歲是中年，中年一過是灰色……又回到了起點。」

你在零歲的上頭註記了「？歲」，又再次說：「我不知道可以活多久？」

「告訴我，這幅畫給你的感覺是什麼？」

「感覺是沉鬱的……」

「從零歲到『？歲』，你覺得歲月像什麼呢？」

「如果是歲月是一條溪河，這幅畫的溪水告訴我，她是從青翠的山林流出來的，經過年少的青澀，三十歲有快樂、有奮鬥，是我的熱情。」

「四十歲，到四十歲如何了呢？」

「下雨了，那雨像是厚重的幕，垂落在暗色裡，風乘著雨，向我撲來，一把將我推進了黑色。」

「四十歲與五十歲是黑色的……」

「對，那時……我的心將是墓園，都是黑色的墓碑，其中一塊是空白的……」

「那個空白是誰的碑？」

「我的……」

「空白上，會提些什麼文字？」

你拿起筆說：「哀痛、想念和孤獨的悲傷。」你開始畫另一張畫作，畫完後，你放到畫架上。我試著讀你的畫，「華言，這幅畫的名稱是什麼？」

「〈月夜〉。」

我端詳著，說出我心頭裡的起承轉合。

起

這畫是〈月夜〉，應當是深夜了。大大月亮，深沉的夜，感覺人都睡了。畫中有兩個球，這兩個球將中間的人，擠壓到變形了。夜就變得不平靜了，左邊的小球，右邊的大球，來回滾動，變形人舉雙手投降，滾動的球壓得他戰慄。

這時，我看到最右邊又有一個圓圓的東西，順著畫流動的方向，人似乎會被它吸走，它像是黑洞……是要將人吸走的黑洞。人、圓球、黑洞放在沉沉的夜、靜靜的夜有點不和諧。

你說：「也許隔天醒來，天亮了，大地還是一如往常，夜裡發生的事情，知道的，只有自己。」你幽幽地告訴我，你有這樣的感覺。

承

來到精神科後，每一週都會到監所輔導受刑人，時間一久，我感覺到自我內在潛存的念頭，有時也與他們相同。只不過他們付諸了行動，而我是在內心中不斷地扭動掙扎。

華言，你畫的那兩個圓球，有我的欲望投射，會在深夜出現滾動。像是變形蟲，在滾動中的細縫中，急促地呼吸，終會被黑洞吸走，深沉夜中的我……我看見了。

原來這也是我的一部份……是我的內在。

轉

上週五，我覺得有些不對勁，感覺怪怪的，是一種潛在的掙扎，一切都黯淡了，我的內心有感，深深地感覺，看著你的這幅圖，遽然間，我感到冷了。我徐徐緩緩地感覺內在，一種沉溺感升上來了……我試著沉浸在其中，一會兒，我寫出——〈暗，下來〉：

冷到骨子裡面
是心寒
這樣的陰天
陽光
何時能還
綠
馬上就抖落光了
剩下空山
我心頭的灰暗
正唱著
靈魂的不安

我向督導傾訴了我感覺，深深地自剖。老師聽完後，哂然一笑，「你要好好愛自己，那部份是存在的，丟不掉的。」老師要我不斷重複四句話來「清理自己」，「我愛你。對不起。請原諒我。謝謝你。」[1]

---

1 夏威夷傳統四句話療法，稱作「荷歐波諾波諾」（Ho'oponopono）。修・藍博士（Ihaleakala Hew Len）以這個方法治癒醫院裡患有精神疾病的罪犯。

合

以前在讀新聞研究所，十分醉心電影研究與廣告研究。很喜歡羅蘭・巴特（Roland Barthes）的「**作者已死**」理論，他認為作者在文本完成後，即與文本無關，詮釋權交由讀者決定。

但在看畫的過程中，我體會到，創造性的作品完成後，自我的內在，就已經呈現在作品上了。所以每一次觀看，就會有每一次的想法，每一次的激盪

當個案與助人者一同觀看，彼此內在的激盪若是契合，這在諮商的過程中叫做會心。捻花的動作，讓彼此微微一笑，療育就在微笑中展開了。[2]華言，最後，我要對你說：「看了這幅畫，有些覺察。但畫就是畫，它就在那兒，我想不是我們看畫，而是畫看著我們，畫會告訴我們內在夢、想法與念頭……」

周牛

[2] 據《聯燈會要》卷載，釋迦牟尼佛於靈鷲山登座說法，拈花默然之際，大眾俱不解其意，唯獨摩訶迦葉破顏微笑，世尊乃當眾宣言：「吾有正法眼藏，涅槃妙心，實相無相，微妙法門，不立文字，教外別傳，付囑摩訶迦葉。」

貓與書

華言：

畫的符號充滿了隱喻。進入到畫室的伙伴作畫時，助人者必須用全身全心地觀察。一開始你從左邊開始畫，畫出單人的空沙發，是一張很溫暖的沙發。

（「你期待是誰坐在上面？是你？或是重要的他人？」）

再來，你畫的是貓咪。兩隻貓咪，感覺上是一對的，牠們處在溫暖的氛圍之中。這是一個隱喻……

（「你可以從貓延伸許多的內在想法，你不妨多想想。」）

右邊，你畫的是書櫃，背景是黑色的，突顯出這些書，是一種求知若渴的追求，也是一種專業上的精進。

華言，我覺察我畫畫的習慣，會由左至右，好像是一種時間序；如果左邊是過去，右邊就是未來或是期待。中間呢？就是當下了。

看你的這幅畫，對照我對你的瞭解，我覺得你的現在是處在像貓一樣的溫柔中，或是期待一股溫柔，對於工作、未來……都有一些期許……。

以上是我的感覺……不是分析，我只是透過畫畫，說出自己的感覺，也許在這圖畫中也有自我的投射。

周牛

畫　流血

華言：

第一幅畫裡頭的右手捏爆球瓶似乎要將內心的傷痛、不滿、忿怒渲洩出來，地上的鮮血令我驚心。第二幅畫是客廳，那張沙發，是軟臥的沙發，旁邊有座落地孤燈，沙發上坐了一位裸身哭泣的女子，她的右大腿及右手臂有些鮮紅的血痕，胸口有鮮紅的印記。

我感這幅畫的主角，她受傷了。

很重。

很痛。

很憤怒。

寧願流血。

寧願哭泣。

華言，我不禁要問你：

「你現在過得如何呢？」

「你快樂嗎？」

「有多少程度是按著自己的理想過日子呢？」

你沒有回答我。又靜靜地畫了另一張圖。

我看著這幅畫，一連串的自問自答，彷彿我蛻變成了兩個人，一位是心理師，另一位是個案，心理師與這位個案似乎熟識，但又不熟識……說穿了，就是自己個兒，每位浮現的小我，都是我的內在，只是我太瞭解這樣的運作，當小我昇起時，我就變得自以為是，習以為常，不願意再多認識那個小我了。

直到我看到你的這幅畫，勾起了我的內在，我嘗試與每一個小我對話，在這一刻，我才看到，我才感受到自己是如何地受到小我影響，我希望「難過的小我」變成「快樂的小我」，但難過就是難過……他名字不是快樂，趕走難過之後，接著痛苦來了，羞愧來了，哀傷來了，我突然理解自己的內在是多麼地脆弱與缺乏安全感，是多麼地需要一份溫暖，一份愛。

「不知道是否她也有期待被救贖的渴望？」你的輕聲細語，將我從思緒拉回到這幅畫。我說：「華言，你想問畫中的女子什麼呢？」

「她是不是依著自己的理想走？」

「看著畫，將她試著用第二人稱『妳』來對話。」

「不知道妳是不是依著自己的理想走？」

「華言，我想這個問題也是你在獨處時的捫心自問，是掙扎許久的問題，對嗎？」

你回給我的答案：

「是。」

「就是。」

「常常是。」

「經常是。」

「一直都是。」

我再細細端詳這幅畫。心頭感受到有兩個字浮起——救贖。

過去，我也曾經荒唐過，做錯事了，很多後悔的影像出現在腦海。於是走上這條路，有一種感恩的心，當然也有渴望被救贖的心！只是當有些個案，他的後悔行為是我曾經有過的想法，或是個案的某些說法觸及到我遮掩在心靈深處的傷。我的心會愀然一痛，像是被電到一樣。在諮商專業上，學者說這是一種未完成之事。

諮商快結束時。華言，你給我回饋，「心理師，右手捏爆的，不是球瓶，是心臟。」頓時，我感覺到那是一種無能為力所衍生出的忿恨，帶著血的怒，轉向要傷了自身。還有在沙發上受傷的女子，如何才能安撫她的破碎心靈？

啊……我想想想想……書上說當你在意畫的美醜時，情緒就無法表達了。這是藝術治療的基本原則，我知道這原則。可是怎麼這幾幅圖像會一直出現在腦海中。我的情緒卡住了，那是一種莫名的感覺，說不上來，就是覺得怪怪的，非得動一動，調整一下。於是我下午，我跑了六公里，調整呼吸，讓汗放肆流出。回家後，靜思你的畫作，試著成為那顆被捏爆的心，還有那位女子，沉靜後，我用文字寫出我的感覺——〈高潮之後〉：

我愛進入到那個女人的身體
她用溫暖涵容我的湧動
高潮是我的生命的精華
我愛那樣的瞬間
我愛那樣的瞬間之後的結束
我緊緊固定在我的心臟跳動的畫面
那樣的瞬間正在流逝
我不挽回
我愛看那樣的瞬間之後的結束
我愛看她柔柔的玉手

摘下我的心臟
緊緊捏爆迸出鮮紅的血
然後丟棄在地
她……腳踩著我的心臟
走過殘餘的跳動
她……腳踩著我的心臟
走過殘餘的節奏
然後裸身的她，帶著一身的傷
不回頭地離開乾涸的我

隨後，我用炭筆畫了曼陀羅，期盼用曼陀羅的圓，來圓我的情緒。當心再定下來時，我想到你的畫，我終於瞭解孤單的小我正緊緊地抓住我。

周牛

別擠我

華言：

今天的會談，你將在家畫好的圖帶到諮商室內。我仔細瞧了一下，看到右邊那團粉紅，是躍自於左方的火，畫中間站著一個人，全黑的，是個黑影人。

我分享了我的感覺，「華言，我覺得那是《倚天屠龍記》的九陽神功[1]，右邊的那團粉紅色的火則是洪七公的降龍十八掌中的『亢龍有悔』[2]，中間的黑影人腹背都受了一掌。」看不清他的神情，我說：「中間那位……被夾擊。」

你也有被「夾擊」的感受。

「原來夾擊是我們共同的想法。」所以我們生命經驗是有交集的。最近，我將金庸大俠的神雕系列，又看了一遍。年輕時讀的心得，與此刻的心得，便有不同。你談到了你對生命的看法，想到了〈少年聽雨歌樓上〉這闕詞。這闕詞的詞牌名是〈虞美人〉，為宋朝蔣捷所作，蔣捷是很有學問的進士，當了官，也經歷戰亂、亡國，人生顛顛沛沛。你輕輕地誦讀：

1 《九陽真經》為金庸小說中的內功心法，由張無忌習得九陽神功。

2 降龍十八掌是金庸小說的武功之一，第一式「亢龍有悔」出自《易經》乾卦上九，象曰：「亢龍，有悔。盈不可久也。」

少年聽雨歌樓上
紅燭昏羅帳
壯年聽雨客舟中
江闊雲低
斷雁叫西風
而今聽雨僧廬下
鬢已星星也
悲歡離合總無情
一任階前
點滴到天明

你意有所指，光是〈聽雨〉，在不同的年紀就有這麼多不同的心境。接著你話鋒一轉，「心理師，難得我與你對這畫有夾擊的共同看法。」

「是被什麼夾擊？」我微笑說。

「夾擊……被命與運夾擊，人擠在裡面逃不掉。」

我們彼此微笑以對，「原來我們都逃不掉。」

周牛

日漸親近

華言：

我將你的畫，從最早的年輪時鐘，一路看下來。我想起歐文・亞隆與金妮・艾肯寫的《日漸親近》[1]這本書，身為精神科醫師的亞隆有位個案（金妮），在每週一次的會談後，亞隆請個案寫下心得，他自己除了寫診療紀錄外，也寫出自己心得，以便作對照，共同探索心靈的黑洞。

在這個藝術陪伴的過程中，每次你到畫室來，從第一幅畫到現在，你的作品給我的是一次又一次的震憾。如同亞隆，我也看到了我自己的心靈。

我想說說在今天的歷程中，我觀察到的與我生起的感受。

你告訴我：「最近要結婚了。」

我問你：「喜悅呢？」

你無奈地微笑。我輕喚你的名：「華言……」我接著說：「我看不見你的感覺。」

你祕而不語。可是畫卻透露出一切了。你的畫作，有黑暗、有昏幽。從中間我看到了一顆

[1] 歐文・亞隆（Irvin Yalom）與金妮・艾肯（Ginny Elkin）著，書名為《Everyday Gets a Little Closer: A Twice-Told Therapy》，中文譯為《日漸親近：心理治療師與作家的交換筆記》，譯者為魯宓。心靈工坊出版。

受傷的心。令人心疼的是，在你專業的外表下，仍要強顏鎮靜。

你曾說：「我喜歡在滂沱的大雨中，抬頭看著烏雲，讓雨水沖洗我的一張臉。」這是一個隱喻，我似乎讀到，「只有這樣子，你們才看不見我的淚。」

我不禁要問：「結婚帶給你的，到底是什麼？」

這幾天我想到喜劇明星倪敏然……你彷若是他，歡樂的外在，是一顆易感的心，倪敏然自殺身亡，我自然也想到死亡。存在主義治療說：「死亡是人生最大的失落。」一切歸於空無。

華言，正如你所言：「死亡無所不在，一段學業結束、一段感情結束……甚至一天的結束，這些不可逆性的事物，不就是一種失落與死亡嗎？」

我曾經與癌末個案會談過，每次會談後，我深深覺得能透徹到人生的失落是無常，都是神的安排，那個痛苦會讓我們整夜哭泣，但神說：「一宿雖然有哭泣，早晨便必歡呼。」[2]這樣子的歷程是深刻的頓悟，後來，這位個案離開世了。回到你的畫，如果畫中代表某些的內在傷口，何妨就靜靜地看著那幅畫。靜靜地讓淚水洗滌傷口，為畫的意境作個哀悼。它死了，而我卻重生了。在這兒死與生之間，結婚之於你，到底是什麼？

周牛

[2] 出自《聖經・詩篇》第三十篇第五節。

這是我最近畫的

華言：

以前我曾經斷斷續續學素描、速寫，因為是自學的，沒有用心，後來就不畫了。諮商實習後迷上了藝術治療，老師說：「隨性就好了，像個幼兒拿起筆，憑直覺，畫什麼，就是什麼。」

於是我又開始畫了。有的是塗鴉，有的是臨摹，有的是寫生……，筆隨心意走。我現在將小小的資料卡，放在包包帶著，想到就畫。

今天，我騎單車到往海岸線，突然想跑步了，牽單車跑海岸公路前進。人車稀少，可以俯瞰臺東市、太平洋、看看戰機凌空。海天一色，再加上隆隆的戰機發動機聲，戰機凌空，高山、藍天、白雲、大海，還有F5E飛翔的英姿。最大的享受也不過如此。

來臺東的海岸公路，最好是騎單車，其次是機車，開車就享受不到凌風而行的滋味了。

不過，牽著單車跑路，多少都會引人側目，有位歐吉桑騎著機車，靠近我說：「少年仔，勇喔！」

我微笑帶喘息，「喔！多謝啦，歐吉桑。」

「看不出來，我感到你是十八、二十二青春少年時。」

聽到這句臺語諺語，簡直是通體舒暢，我回：「感恩，你的身體真正勇……」歐吉桑是個農夫黝黑的皮膚，我誇他，「一年一年老，越老越緣投。」

他露出紅黃的板牙，微笑地要給我檳榔，我謝絕了，「你慢慢跑。」他加足油，離我而去。

我順著路跑，沒有目的，隨著路面起起伏伏，我想就跑到沒力吧！自然就好。我也不拼馬拉松，就像是畫畫，畫什麼就是什麼？

跑吧！享受腳踏在大地上，一步步地前進。

跑吧！享受腿痠。

跑吧！享受體力耗盡。

看來有點自虐，誰又知道那正是一種享受呢！

轉進到了石川部落，這個阿美族的小小部落，再往上跑，到了一個平臺，我看見了海岸山脈、臺東市、機場與太平洋，又看到了那位歐吉桑，他已進到田裡，準備插秧，水田映出歐吉桑駕著鐵牛，一幅耕耘水田的雄姿，我站在田埂上揮揮手，他也微笑地揮手。

我隨意畫了這樣的景緻。

轉身看見路邊的咸豐草，我也畫下來了。速寫速記。我揮著手與歐吉桑道別，鐵牛聲蓋過了我的「再見」道別聲，歐吉桑專注地耕耘。

回程我騎上單車，因為接著是下坡，衝下山時，我看見路邊彎路指示鏡子，鏡子反映我的身影，倏而逝去。輕風徐來，好像告訴我，如果當時，你不奮力而跑，就無法享受從山上騎單車下來的快感了……所以，我回去後，也畫了我騎單車下坡時的模樣了。

周牛

青春的追尋

華言：

你畫了一幅圖，一位青春少女，背景是臺東海岸，海連天，天連海，藍到不能再藍，你取名為「青春」。

對於進入到中年的我，所能追的也只有青春的尾巴了。可是在我的心中，仍有青春的那個我在，也確確實實地曾經存在過。

「青春真好。」是我這位中年大叔的夢語。我想著若是我將青春的我當作是情人，我會與青春的我有著什麼樣的戀愛呢？我將如烈日般熱愛著情人，但烈日過後，將是黃昏。這注定了是一場失戀。我沉思著，沉思著，慢慢地浮起了一個畫面……我和青春的我分手的畫面……於是青春的我擬人化，成了「你」，於是我和你有了交集對話。

歲月像是火車，緩緩而來。我知道，我得離你而去。匆匆地看你一眼，我感到不捨，我感到難過。

我沒有停駐下來，我上了火車。

這是慢車，橘皮的莒光，起點是臺南，接著是高雄、鳳山、九曲堂……它一站一站慢慢地前行，開往臺東，我的思緒也慢慢地轉為思念了。

想起昨夜，我喝醉了！

依稀憶起你與我的對話。

你對我說：「你是個笨蛋，讓你的青春溜走了。」

肚子的酒精在作怪，我的頭昏昏沉沉的，「我……豈止是笨蛋。」沒容我可以多說些什麼，時光就在糊塗中流逝了。

我轉了好多的念頭，追憶起青春，如夢一般，真實又虛幻。如果有部時光機，可以回到過去的歲月，找到青春的你，我會說：「在追尋青春中，我好想你。」

好想同你在一起。

我想和你奔馳在海際，在山巔。踩浪，聽風，看著陽光的變幻。

我的青春，我的夢。青春中有你。夢，也有你。

天飄雨了。把我拉回來了。天際是一層層灰色的雲。莒光慢慢地前進，狠狠地將許多車站不留情地拋向後頭了，到了枋寮，再經過枋野站就要進入中央隧道。

莒光的火車頭拖著不情願的車箱，進了山洞，窗外漆黑一片，昨晚，我喝多了黑夜中的酒，此刻讓我頭痛了。

我用手搓捏有些許皺紋的額頭，用力回想昨天和昨天之前發生的事，我捏按著太陽穴，緩減頭痛，依稀想起了——

青春　溜走了
昨夜的我　醉了
醉中的我　睡了
睡中的我
夢到　青春的　你與我
而今時
我醒著
火車經過多良
眼看不滿　太平洋
眼角　藍藍的

淚了

周牛

釣魚之一

華言：

凌晨一時許醒來，似作夢，又非在夢中，晃忽間，看到一幅畫面，一個人在釣魚。我感受到內在有些東西，悄悄然起身，拿起畫筆畫出兩幅同在月夜釣魚，第一幅是在平也似的湖面垂釣，第二幅是在浪濤中垂釣。我將自我當做個案進行了內在對話。

心理師說：「你會選第一幅？或是第二幅？」

我說：「我會選第二幅，第一幅給人平靜的感覺，第二幅似乎有些不平靜。」

心理師說：「我再拿一張白紙，你試著將內在的不平靜畫出來。」

我完成了〈流淚的魚〉，那是魚在水中的掙扎，牠被魚鉤給勾住了。

心理師說：「你想對魚說什麼呢？」

我說：「我不知道。」

心理師說：「好的，等你知道再說，現在心情如何？」

我說：「有些低落。」

心理師說：「再拿一張白紙，試著將低落畫出來。」

我這回不畫魚了，我畫了一幅灰暗的山，灰暗的山谷，灰暗的曲徑，一個神色灰暗的人。

心理師說：「看看這幅畫，你給畫取個名字。」

我說：「死蔭幽谷。」[1]

心理師說：「如果是你走在死蔭幽谷，你如何安慰你自己？」

我說：「我雖然行過死蔭的幽谷，也不怕遭害……因為『你』與我同在……」

心理師說：「你……將祢改成了你。」

我不理會心理師，他慢慢地消失了，我繼續自言自語：「你的杖，你的竿，都安慰我。」

經過黑夜，天明了，世界運轉如常。清晨的美好又重新降臨，我細細看著〈湖釣〉、〈海釣〉、〈流淚的魚〉到〈死蔭幽谷〉。

1 出自《聖經．詩篇》第二十三篇，原文「耶和華是我的牧者，我必不致缺乏。祂使我躺臥在青草地上，領我在可安歇的水邊。祂使我的靈魂甦醒，為自己的名引導我走義路。我雖然行過死蔭的幽谷，也不怕遭害，因為祢與我同在，祢的杖、祢的竿都安慰我。」

我又說：「我倚靠著神，但我才是安慰我自己的人呀！」此時，晨陽灑落在流淚的魚。陡然，我聽見了心理師對我說：「壓傷的蘆葦，祂不折斷；將殘的燈火，祂不吹熄。」[2]

周牛

釣魚之二

華言：

我將最近與你會談的歷程統整了一下，我思考我在夜裡畫的圖，似乎與你上一回的會談有關。為何我會失眠，半夜起來畫畫呢？從〈湖釣〉、〈海釣〉、〈流淚的魚〉畫到〈死蔭幽谷〉。〈湖釣〉、〈海釣〉都是一個人坐在岸邊垂釣。畫裡的夜月，襯托出釣者的孤獨。跳動的線條顯出我內心的不安。

我想到上回你畫了一幅，一個裸身女子在棺木中流淚的畫，那位女子，頭披婚紗，即要將

[2] 出自《聖經・以賽亞書》第四十二章第三節。

結婚了。我說：「這是什麼感覺呢？」

華言，你回我：「形式上即將歸於塵土，歸於寧靜，但內在的不平，用淚水做出不語的抗議，那是說不出口的痛苦呀！」

「說不出口的痛苦」、「淚水」，當下我想到了水中魚的淚。那晚我畫了〈流淚的魚〉，被魚鉤勾住了口的魚，擺脫不掉魚鉤，牠有流淚嗎？

「有！」

我要畫牠的淚，可是在水中，怎麼畫得出來呢？投射到裸身新娘上，她低著頭，就像那條魚。我問妳：「水中魚與新娘的未來是什麼？」

你默然無語地在畫上寫了，「And...... THEN, WHAT's the FUTURE?」那時我有點哀傷。而此刻我感覺內心中有些東西要出來，我寫下了〈燭，救贖〉：

終於能用黑夜
抹去夕陽餘暉
入夜後點燃紅燭
微微的光焰尋不到
救贖的蹤影
吹一口氣熄了燭火

不再懼怕黑夜
吹一口氣熄了燭火
不再重複焦慮
黑暗中
淺淺微笑
輕輕觸碰
殘燭的芯
那……救贖的燭淚
滴落到我的手背微溫！
心頭微怔！

我的心頭微怔！是呀，到底是觸動了我的什麼？我想到了救贖，對！我想畫的，就是救贖，我畫了黑灰的十字架……有些畫壞了，我將它描成枯樹，用黑色打底，加上山、山谷，最後畫成了〈死蔭幽谷〉。

天啊！這要怎樣救贖？我該怎麼辦？夜風清冷。在昏黃的夜燈下，我遠遠地靜觀，假設自己走在這死亡之地……不由得流下淚來。我是活著的，而周遭的人已經死去。你說過：「若是我已死，但周遭的人卻是活著的。在我生命的盡頭誰會到場呢？」你在畫上寫了「Who'll join the END of my LIFE?」

我現在看著〈死蔭幽谷〉中，眾死者問：「我生命的盡頭誰會到場呢？」在慘白的月光下，在一片死寂中，黑灰的十字架流著淚說：「我到了！我到了！」

一如你在棺木中流著淚問：「我生命的盡頭誰會到場呢？」

我流著淚說：「我到了！我到了！」

在死與不死之間，眼淚是唯一的交集，從淚水中得著安慰，於是我說：「我雖行經死蔭的幽谷，也不怕遭害，因為你與我同在……」我想，「你看到這些畫會起怎樣的反應？是否與我相同？我內在的投射加到你身上，你願意承接嗎？你會如何接住我的思緒？會不會太沉重？我該保留些嗎？你不也有沉重的負擔了嗎？」

你畫完時，與我分享，我不經意地表露了我的想法，隨後我生起抗拒的心，是專業的傲慢，或是害怕自我的表白？這樣的焦慮卻以另一種形式呈現，在睡夢中醒來，感到內心的慌張與不安。

華言，透過與你的互動，我竟然發現我，我成了個案，我正在療育自己的傷。我想這是一種經歷？一種成長嗎？還是一位自以為是的心理師終於聽見了自己內在的呼喊？

周牛

左手的傷好了嗎？

華言：

本以為這個祕密會一直深埋在心底，不再想起。看到你的畫，再度勾起回憶，我讀了一遍，又一遍。多少往事，浮上心頭。

N是女性，原住民，阿美族，四十多歲了。左手割得滿滿的、一道又一道的傷疤。

「痛嗎？」

N搖搖頭，「不痛。」

「可以告訴我割手的原因嗎？」

「只是想證明自己還活著。」

有天，我也試了一下。喲！不痛才怪。那時我是剛當心理師沒多久，督導見到我手臂的血痕……他沒問，我也不說，就這樣過去了。

N是原住民雛妓，那個年代的原住民被稱為山地人，許多部落的小女孩被賣進寶斗里。N敘說著……伊娜嫁給漢人，爸爸好賭，輸了一屁股債，借高利貸，最後還不了，跑了。債主上門要債，見到她……

那位膀闊腰圓討債者把她和伊娜押到房間，他說：「我會輕一點。」

伊娜大喊：「不行！不可以，求求你，真的不可以。」

「妳是怎麼了？自己都快顧不了了！」

伊娜流著淚求他。

「你知道現在是什麼狀況嗎？」他惡狠狠地說：「不然，叫妳老公出來呀！」

「我們不會給你惹麻煩的。」伊娜咬緊牙關，吞下憤怒、無奈、害怕……所有的情緒，深深呼吸後說：「讓我代替她吧！」

他緊捏伊娜的乳房，「走，我們有三個兄弟。」他帶伊娜到了另一個房間。

N嚇得噤聲，不知道過了多久，伊娜出來了，N緊緊抱著她。伊娜摸著N的頭髮，說：

「我們回家吧！」

「伊娜，發生什麼事了？」

「沒事，別擔心。」伊娜的聲音是發抖的。

N後來，還是被賣抵債，「我永遠忘不了，那些嫖客對我議價時的羞辱，我只感覺到害怕，害怕到了極點就變成了麻木，後來有段時間，我會認為這是賺錢，我努力地張開我的雙腿，這是工作，也是我賺的辛苦錢啊！我希望有一天能回到部落，經過時間的洗禮，我才知道我那個想法後頭的醜陋與剝削。直到現在，我沒有辦法有性行為，只要與交往的男友做愛，就會勾起害怕、痛苦，我感到噁心，我再也找不回我的純真。」

N就像在說一個事不關己的故事，「我常常覺得我的靈魂離開了我身體，我看著那個不是我的我……洗澡時，我用力擦身體，擦到皮膚都流血了……」N頓了一下，「只有見血，我才覺得好過些。」

「N，妳被賣那時幾歲？」

「十五歲。」

N後來吸毒、酗酒，狠狠地麻痹自己，她說：「我麻痹的是我的靈魂。」

這是多年前，那位N的故事，後來，我再聽到她的消息時，是她死於施打過量的海洛英。

親愛的華言，這回你的畫是左手，上頭是一道又一道的傷疤。

你曾秀給我看過你的左手，上頭細細的，一條又一條……你告訴我，你知道割的力量要多大，深度要多淺，才不會留下疤痕。

我問：「是什麼原因可以忍著痛割手呢？」

你說：「只有見血，我才覺得好過些。」接著你思考後，緩緩說：「只是想證明自己還活著。」

你的回答的與N的回答，一模一樣。

周牛

專業的界限下

華言：

你告訴我你是輔導老師，在學校輔導孩子，有個孩子，對你有移情*，而你對孩子也有反移情。以下我就要談談我的移情（如果我是你的個案的話），或著是說反移情（如果你是我的個案的話，而你也正是我的個案）。佛洛伊德這位精神分析的祖師爺發現了移情，他說：「移情是修通的基礎。」

上次會談時，你偵測到我的不安。確實，我那天是感到焦慮。怕自己即將被揭露嗎？還是擔心這樣子的移情關係，會導至我們的關係變質了？以前讀課本，知道有移情，與反移情，但真的面對到，卻又令我震憾。於是我寫了〈移情的副作用〉——

移情的副作用

心理師說：「想要減少傷害，

就該送『移情』住到精神科6C病房。」

---

* 移情是由佛洛伊德提出，是指患者的欲望轉移到治療師身上而得到目的的過程。若發生在治療師，則是反移情。

讓時間陪著移情住個兩週
用點抗鬱劑再加點談話性治療
就會停止那位精神科醫師對我的愛戀
但……我發現在我如詩的文字中
藏著白袍舞動的倩影
我的每一首詩
都住著癡心的靈魂
狠狠地戀上穿著白袍的人
而且心甘情願

寫完後，我一遍又一遍讀著，每字、每句都是一個焦慮，我得做些事情降低焦慮。隔天是週末，晨起後，我沿著卑南公園慢跑，跑上了瞭望臺，往北邊看，是處在雲霧飄渺中的都蘭山，往太平洋看，有綠島，也有蘭嶼。天氣很特別，有太陽，可是在都蘭山卻被淡淡的薄雲給遮掩住，看不見山的陵線。海的一方，卻是明亮得分明，海是海，島是島。

華言，我靜下心來，在思考我們會談時，我到底感受到些什麼？想些什麼？是一種被瞭解的渴望嗎？如果是。你能吸引我的特質是什麼？是專業權威？或是溫柔？亦或看著你的傷，我深深覺得不忍？我多麼地想成為你的學生，我就可以對你有移情，等著你來解構我的移情；可是你是個案，我對你所生的種種情懷，就是反移情了，我必須要自我解構了。移情與反移情讓我覺得思想渾沌，但我又感激，這樣移情的存在使我能作自我的檢視。

華言，你對我說：「我的移情與反移情也正困擾著我。」這時專業的界限，就是一個最好的保障了。要跳脫出那個渾沌，冷靜觀看我的心，看我的內在。

專業的引導使我的熱情依然存在，使我熱切地讀你的畫，但那是在界限之下。在心理諮商的過程中，諮商師本身就是一個工具，要時時刻刻覺察自己的感受，才不致於捲入到移情中，讓個案重蹈覆轍。在冷靜中分析自我，在熱情中接納個案。

華言，談完後，你開始畫畫了，當作品完成時，你說：「原本，我想繪出流血的手。」我端詳你的畫，畫內有隱喻，我問你：「怎麼不畫了？」

「紅不一定只能畫血，我不想讓手流血了，轉念間我將流血修繪出一朵朵的花。」

你原想畫流血的手，經過修飾後，畫中的那雙手竟捧著一朵朵的紅花。不再是一團一團的鮮血，紅花朵朵分明，你說：「一花一世界，一花一天堂。張開手，手中就有世界，手中就有天堂。」

太陽，好刺眼。

我高舉雙臂，伸腰喘息。都蘭山的薄雲散了，在陽光的照耀下，山是山，藍天是藍天，了了分明。

周牛

貓過世了

華言：

你的神情流露著悲傷，為了貓的死亡，完全睡不著，吃了之前的安眠藥，然後無意識地變成現在的模樣！你很難過。你的朋友打電話給你說：「我不管你的貓發生了什麼事情，你現在立刻過來擺攤。」

慢食節在臺東已成了慣例，定期都會擺設攤位，這個收入是你重要的經濟來源，「我真的很努力，一切都慢慢回到軌道，然後呢？貓咪，說走就走，那天去焚化貓咪，燒完後，我看著牠的骨灰，這是我的貓嗎？我當下就哭了，我突然感覺到恐慌。」

我請你記著這個感覺，帶著你深呼吸三次，調心讓情緒穩下來，邀請你畫畫，你一連畫了三幅畫。

這三幅，我怎麼看怎麼不舒服。

你最先完成的是〈死神〉，它躲在月亮後面，你說：「它想要找人卻找不到人。」

接著完成的是〈被十字架釘的人〉，「我本來是想叫作〈千里共嬋娟〉，因為上張有月亮，這張也有月亮，但中間有個十字架，上頭有個人被釘死了。」

「畫名你取作什麼？」我問。

沉思的你想了很久，才將這幅畫的名字，取作〈被十字架釘的人〉。

最後是一個人盈盈地笑著，卻流著淚，那個淚是血紅色的，你說：「這是〈笑的血淚〉。」

死了一隻貓咪。悲傷到了頂點，華言，你流著淚說：「那個頂點的感覺是恐懼。」你接著說：「按照道理是沒有理由悲傷到這樣的程度的，心理師，我的感覺正常嗎？」

「沒有任何人，可以否定這個感覺？這個是屬於你的感覺。」

「可是，貓咪的過世，卻帶給我毀滅性的行為。」

「怎麼了呢？」

「我想跟著貓咪在一起。」

「你的意思是……」

「我想和牠永遠在一起。」

親愛的華言，這個想法就顯得有點沉重了，死亡是一種永遠的失落，貓咪的死亡，還有自我毀滅性行為，這背後就潛藏著深層次的需求了。

「你過去經驗，有類似的反應嗎？」

「每回我的寵物過世，我都會有這樣的感受。我這樣正常嗎？」

我想也許從你的畫，可以看出一些你的內在，「華言，你看看你的畫作，想想它們要對你說什麼？」

你細細地端看了〈死神〉、〈被十字架釘的人〉以及〈笑的血淚〉。

你沉思，「死神對我說：『華言，你需要一場又一場悲壯的犧牲來詮釋你的內心世界，你需要承受比別人更多生離死別，更多的痛苦，因為你告訴你自己，承受別人不願承受的這些感受，你就能高人一等，得到尊重。』」

「〈被十字架釘的人〉對你說什麼？」

「別妄想學耶穌，不是人把我釘上十字架，是我被十字架釘上。是我對自己的懲罰。十字架上的人說：『你想救贖過去沉重的包袱，讓人覺得你是多麼有勇氣，多麼悲壯啊！』」

你看著最後一幅畫，「那個笑的血淚，那張笑臉以為……」

「他說什麼……華言，你用口語說出來？」

「那張笑臉說：『華言，你以為這樣子就會被完全接納，成為群體中的一員，你以為這樣子就會新生。他們都在笑你，都在笑你……只有……』」

你沉默了，我等了一會兒，「華言，只有什麼？」

「只有那帶血的淚是真的。」

這回換我沉默了，默默地注視〈死神〉、〈被十字架釘的人〉、〈笑的血淚〉……腦海閃過你的貓咪被焚化後的骸骨。而你，正在低聲啜泣著。

周牛

親愛的6c

6C是我們醫院精神科病房急性病房，位於醫院六樓C棟。6C裡有各種精神疾病的病友，有時我會寫信給病友，一封又一封的信代表對於病友的關懷。「親愛的6c」（我特別用了小寫c，人總是渺小的），6c可能是自殺個案、可能得到了憂鬱症、也可能是強迫症患者，6c就是他們的化名。

小泥人

親愛的6c：

你是因為企圖自殺被發現，讓警察送到醫院，轉到我們精神科6C急性病房。你剛來的時候，全身是沙，衣服濕了，你說：「是沉到海水裡。」

你手中握著小泥人。剛開始，我們倆是無話可說的。我明顯感受到你的抗拒。

這是很自然的，我是心理師，但對你來說，我是個陌生人。有誰會願意將自己內在的心事向個陌生人說呢？特別是人人避之的「自殺」。

我只有等，等待機緣。這段期間，你參加了我的團體課程。有些老師會鼓勵正向思考，可是正向思考，只有對有正向特質的人才有效用，比如快樂的人。你觀察到團體的成員，都具有負向特質，在住院前總會想方設法，讓自己快樂，也相信努力讓自己快樂，就會得到快樂了。但事情並非如此，有位病友寫下了他的感受：

我想提起振作
可是我的世界裡
從來沒有感受到太陽

我想不再陷落
可是我的頭頂上
老是有片陰沉的烏雲

所以……
我來了

「來了，就好！」這是我常常說的一句話，這就話的意思是「你來了，我就陪伴你」。親愛的6c，我相信你在選擇這條路之前，曾試著走過許多路，自殺這條路只是眾多的選項之一。終於，你願意說你的故事了，「那天我走在夜市，漫不經心，覺得心頭沉甸甸的，我走到一個燒陶的攤子上，有個尚未上釉的小泥人，孤獨地在一旁。」

「那個小泥人給你的感覺是什麼呢？」

「孤單……」你思索著，「與那些上了釉彩的陶人相比，總是孤單的一個人。」你接著說：「小泥人的背有個洞，我問老闆這個洞的用途，老闆輕蔑的神情透露，只有像我這種人，才看得上這個沒人要的小泥人。他拿了一隻吹管，裝在泥人的背。我將泥人放在手中端看，它就像背被插了一刀。唉！」

你嘆了一口氣。

我點點頭，不說一句話，等你繼續說這段故事。

「我對吹管吹了一口，一吹就響，那聲音像在訴怨，悲哀的哭泣聲，一陣又一陣。我決定買下來了，老闆詫異，竟有人願意買下它。」

「買下小泥人後，你做了什麼呢？」

「我兀自吹著，如悲、如哀、如泣、如怨的聲音，不太好聽，與夜市歡樂聲，形成強烈的對比。眾人對我投以不悅的眼神！我內心狂笑，『何必呢？當我一出世時，我就對自己不悅了。』我毫不在乎，走過這群冷漠的快樂……遠離夜市，遠離那群人。」

「你走到哪兒？」

「到海邊。」

「接下來……6c，你做了什麼？」

「枯坐到深夜，最後慢慢地走到黑暗，冰冷的海水。」

我與你沉默了。良久，我說：「你被釣魚的釣友通報消防隊，救起來後，由警察陪著你住進了病房。」

此刻，你轉身面對窗戶，看著窗外那顆老樹，嶙峋的枯枝，擋住了陽光，將陰影投向你憂愁的臉。我突然覺得難過了，陰影延展過來，籠罩著我，壓迫著我。一股無力感生起，在諮商室裡，心理師所感受到的，也是個案的感覺。在一般關係，人會選擇逃離那個感覺，有時我們對朋友說我們的故事，朋友承受不了那個情緒，他會說：「你想得太多了。」這句話的深層意思是：「別說了，我難以承受。談點快樂的吧！」我整理了心情，對你說：「我不知道6c你發生了什麼事情？聽你的故事，我感到無力感與難過，我相信選擇這條路背後的感覺遠遠超過我此刻的感受。」你沒有說任何一句話，抬起頭看著我……

「我懂！」我微笑，柔和地說。你默然。

「6c，我懂你……」我停頓了一下，「6c……我懂你！」

親愛的6c，我看見你的眼淚……你說：「突然間我有一種奇妙的感覺，好像在某一種感觸之下，心頭沉重的石塊，流走了，胸中鼓蕩起一股被釋放的感覺。」你沒有拭去你的淚，任它一滴、兩滴……滴落在泥人身上，而你只是溫柔地、靜靜地握著小泥人。

周牛

戰機失事

親愛的6c：

這幾天，我的心情很沉重。

主要是因為F5E戰機的飛行員殉職，他三十多歲，有一個孩子，他的夫人很年輕。我看新聞，心頭百感。尤其是他的母親從西部趕來到臺東，見到冰冷的兒子的畫面，我記憶深刻。我看見了飛行員的媽媽揮動手臂，眼神嚴厲，高聲喊叫：

「我的孩子說：『媽媽，F5E早晚會出問題。』沒關係今天這個責任他扛了，我的孩子爭氣，可是軍方給我的是什麼？國家給我的是什麼？」

「兒子早知道戰機老舊，還要每天去承受這些壓力，他的壓力誰替他解？可憐的是我的媳婦跟孫子，我說得再多也沒有用，我只要求沒有下一個遺憾，希望軍方不要今天講了明天就忘記。」

「我只能當作我孩子要去遠遊，我來幫他檢查行李，他忘了回家沒關係。」

「軍方一定要等到出了問題，才會重視飛行員的安全。」

「如果F5E再出事，我就要跳你們臺東的海。」

看得我心生不忍。

親愛的6c，還記得我曾在八一四空軍節，告訴你空軍的故事嗎？

那一天，我講的是在法國接受幻象二〇〇〇戰機訓練的飛行員王同義中校，戰機飛到天上後，發現機件故障，塔臺要他跳傘，他看見下面有村莊，爭取到最後一秒將戰機駛離，同義來不及跳傘而撞山，機毀人亡。死後，國家追晉他升了上校。

這位飛行員正是我軍校同學的弟弟。從有戰機以來，空軍與陸軍、海軍相比，是高風險的兵種，每一位飛行員都是國家培育的菁英。

親愛的6c，還記得我提到黑貓中隊吧！那時是冷戰年代，衛星偵察科技還不發達，中共剛剛在中國大陸建立國家，美國人不敢執行偵察任務，要中華民國的飛行員為他們執行任務，每天晚上U2高空偵察機就從臺灣祕密起飛，飛到青海，飛到新疆，等天亮才回臺灣，眷屬都不知道她的伴侶在做什麼？天亮時到機場接自己先生，接到後，又擁抱、又是親吻。

沒接到的……誰也不敢問。

我試著引導你體會沒有接到先生的感覺，你閉起眼，想像是那位眷屬，靜靜聆聽我的指導語。你說：「心跳得好快，身體發軟。」

我看見你在舔嘴唇，吞口水。我接著說：「試著把恐懼掩飾起來，壓抑下去，因為你不想讓別人知道。」

你體會了一下那樣子的情緒，嚥了口水說：「我感覺到原本是害怕，但現在似乎有一股憤怒興起。為什麼是我先生？把我先生還給我！」

說到這兒，也不難理解身為飛行員母親的情緒了。

親愛的6c，我從軍二十多年了，現在退伍，當了心理師。但是只要是軍人，在戰訓時發生傷亡，總是會挑起我敏感的神經。說白話一點，軍人的生命是用來打仗的。但我也必須說軍人是最尊重生命的，軍人絕對不會輕啟戰端，只要戰端一起，每位軍人都有戰死沙場的決心。只是……因為機件老舊的緣故殉職，到底值不值得呢？

最後，我想與你分享的是，我們必須要心存感恩。你住進精神科病房，在此療養身心的同時，別忘了，正有一群人是冒著生命危險，在保衛我們國家，在保衛我們的生命安全，每想到此，總讓我熱血湧起，他們正用他們的生命告訴我們，要好好地珍惜我們自己呀！

周牛

自由的血

親愛的6c：

護理師轉交你寫給我的詩——〈花圈圈禁〉：

沉思輕聲說
未來還能繼續嗎
時間強迫一個人離開

留下沙發的溫暖
漁港的木船
見到窗內平靜啜飲咖啡的你
深鎖的門
外面掛著十字架
讓花一圈又一圈
圈禁著

讀著這首詩，我的腦海中畫出一個可以遠眺漁港的畫面，你在閣樓裡啜飲咖啡，一張空置的沙發，閣樓的房間很溫暖。可是你不安的靈魂，正盯著那艘泊在漁港的木船。想要出去。卻被禁錮在房間裡。深鎖的大門正用花圈一圈又一圈地圈禁了。記得你剛來的時候，不安的靈魂加上躁動的身體，常常是被五花大綁，約束在床。你從主治醫師罵到保全，一定得要四、五個大漢才能制服得了你。

醫師用了很重的藥，幾天後，我們都覺得奇怪，為何你還是如此躁動？原來你很技巧把藥藏在喉頭上，回房後又吐了。最後，護理師特別處理你的服藥方式，你的情緒才降了下來。

原本我以為你有一顆不安的靈魂，與你談過後，我修正了我的說法。

「心理師，每個人都有一顆自由的心，為何我要被監禁在這兒？」

你問我，我沒有回答你。

你在這段時間，與其他病友相處，從他們身上，你得到的回饋是──「我的情緒真的生病了。」有了這個體會後，你說：「不然，我不會順服地用藥。」你接著說：「我是被父母丟過來的，他們照顧我，很辛苦。我知道，我明瞭……可是我心中就是有自由的渴望。」

「你覺得你想要的自由是什麼？」

「我要像鳥兒一樣自由自在地飛著。」你的臉都亮了起來，挑著眉毛，「有些鳥兒，就是關不住的，因為他們的羽翼太耀眼。」

「6c，我看過這部電影，這句話是《刺激一九九五》的臺詞。」

你看著我，眼神流出我是你的知音，「對，心理師，就是這部電影。」

你笑著，「那隻鳥就算是關著，也是暫時的，找到機會，牠就會飛出去，因為牠們的身體裡流動著自由的血，這是牠的血性，也是我的血性。」

你覺得自己有追求自由的權利。我知道你只是在忍，在等，等到你出去的日子。

「心理師，你知道嗎？我最大的心願，就是離開這個鳥籠。」

終於，你可以出院了，我安排了你來門診諮商，可是你一次都沒到。直到有一天我收到一張明信片，上頭寫著──「有些鳥兒，就是關不住的，因為他們的羽翼太耀眼。」那張明信片是寄自美國，我微微自笑，你終於飛出去了，精神醫學上的診斷，完全禁錮不了你……

依稀中，我想起當時你住院，被約束在床，從主治醫師罵到保全警衛的模樣。

「祝福你了，我親愛的6c。」

周牛

薛西弗斯

親愛的6c：

長期以來，強迫症一直被認為是一種罕見的身心疾病，但實際上得病的人數是被低估的，因為有些人會隱瞞病情而不去尋求治療。

我想起薛西弗斯與巨石，古希臘神話的悲劇人物薛西弗斯被下了詛咒，在地獄中不斷地推著巨石上山，到了山頂又讓巨石滾下山，日復一日、年復一年，不斷地進行這種徒勞無功，又毫無指望的刑罰！用薛西弗斯來比喻強迫症，有症狀的人會陷入一種無意義、且令人沮喪的重複想法與行為當中，卻一直無法擺脫它。

親愛的6c，你擔心你的手受到汙染，你每個時刻都想洗手，不洗你就難過，洗到你的手都脫皮了，還是繼續洗。那種痛苦讓你咒罵自己，整日心情陰沉。你說：「那天日落，我洗完手。天際慢慢地浸染成黑墨，我內心中的悲傷種籽漸漸地成長，我感到困惑，帶著淒涼，我自問：『怎麼這種事會發生在我身上？』空洞、麻木襲來，有種下墜的感覺。」

於是乎你覺得自己不大對勁了，向醫師求診，最後醫師建議你住到精神科急性病房。6c，你覺察到你自己的身心狀況。光是這一點，我就覺得你很棒了。你與我分享你的心路歷程，你敘述自己的生活經驗。

「心理師，我是一個有焦慮與憂鬱的強迫症患者，滿腦子的擔心，滿腦子的焦慮，不停地確認，不停地回想，想得頭腦都爆炸成碎片，在碎成碎粒的腦子裡也停不下。」

聽你的描述，我心頭有股淡淡的難過。

你繼續說：「上個月醫師調藥後，強迫症發生的頻率跟強度都有減緩了，情緒也慢慢平靜，可是就在上週，我又復發了，讓我想要結束自己的生命。」

「怎麼了？」

「我到○○醫院做ＭＲＩ*，在開放式的垃圾桶看見廢棄的針頭，勾起我的焦慮。我不斷地跑到洗手間洗手……」6c，你邊說邊搓摩雙手，「還有他們擺放衣物的位置很靠近垃圾桶，我一直問我的衣服放在哪裡？護理師有些不悅，我委婉地告訴護理師：『很抱歉，我有強迫症，會忍不住重複問你們我的衣服放在哪裡？請多包涵。』」

* 指核磁共振（Magnetic Resonance Imaging，ＭＲＩ）。

「護理師的反應是什麼？」

「那位護理師是男的，很年輕，我感覺他煩了，我對他說話時，他的眼神從不看我，我的問題都沒問完就對我說：『對啦！你的衣服放那裡。』當我問第二次後，他戲謔地重覆說：『你的衣服放在那裡，我也有強迫症啦！我也有強迫症啦！』只要我一開口，他就回：『我也有強迫症啦！』甚至，我連一句話都沒說完，他就插話說：『對啦！我也有強迫症啦！』學我的語氣，不停地搖頭，旁邊是兩位女性護理師，她們相視訕笑。」

6c，這時你一臉的苦惱，緊緊握拳。莫約過了十秒，你深呼吸，鬆開皺起來的臉，試圖放鬆自己，感嘆說：「當時只有我一個病人，我不知道他們為什麼要這樣對我？我一路流淚回家，心裡很委屈，我也不願意呀！不是視病猶親嗎？」

你的眼紅了，充滿淚水，「心理師，似乎只要得了這種病，就只能遭到恥笑，能不能告訴我這是什麼道理？」

我看著你，一時間，我也不知道該如何回覆你，我想起薛西弗斯，書上說他是個荒謬人物

——

祂對眾神，蔑視；

祂對死亡，憎恨；

祂對生命，熱情。

這一切都讓祂遭受到無法形容的酷刑，一生注定反覆著徒勞的動作。

我眼前的你，頭低垂著緊閉嘴唇。我知道6c，你只不過想過平凡的日子，卻付出了如此的代價，仍然達不到心中所要的期盼。

周牛

意義的追尋

親愛的6c：

昨天與你談完後，我突然想起湯姆・漢克（Tom Hanks）主演的《阿波羅十三號》（*Apollo 13*），這部老電影。太空船在太空故障後，這些太空人沒有放棄自己。他說：「在地球上，在美國太空總署，有一群人為我們忙著……想到這兒，那股不放棄的勇氣就激發出來了。」我看到你不曾放棄自己，那股精神就像太空總署的工程師一樣地棒！

今晚有月。我一個人上山夜遊，看這小小的城市，似乎都睡了，只剩下路燈亮著。我想起多年前，在山上，也是同樣的夜景。那段日子，忙碌但有成就。不像現在，站在人生的另一個轉點，往後看已經無能為力，向前看只感覺到吃力。經歷了生命中的哭泣，常常是為了不堪的過去，為了脫不去的印記，讓埋怨、報復一次又一次使心受到傷害。不願意活在過去，不願意印記在身，想大力地摔了那沉痛的撕裂，卻換得更嚴重的傷痛。「心」像是蒲公英的方向，四面飄零。自問：「為什麼會這樣？」那是一種恐懼，怕面對自己！怕面對一切！

所幸有我的好朋友，他們的支持與陪伴，沒有放棄任何的機會！在「會心」的過程中，我與好友彼此自我揭露，讓心靈進入到彼此的世界中，將人生重新地定位，這是一件大的工程，這涉及到人究竟是什麼？存在的意義是什麼？上次談到薛西弗斯，這回我還是想談談祂，熱愛生命的薛西弗斯觸怒了天神宙斯，宙斯給祂最重的懲罰。祂一次又一次推石上山，一次又一次地親眼見到成果被摧毀。祂可以選擇抱怨，可以選擇生氣，但祂選擇的是毫無怨尤地再推一次。祂的生命價值在哪裡呢？法國小說作家、哲學家卡繆說：「奮鬥本身可以填滿一個人的心靈，我們必須想像薛西弗斯是幸福的。」只要擁有承受這磨難的能力，已經獲得勝利。祂已在生命中繪出推動巨石上山撼動人心的圖像，用力與美的色彩趕走了生命中憂鬱的灰色。

溫柔的月光灑落山際。我想起了存在主義治療大師——法蘭克*，在納粹鐵騎下，在波蘭南部奧斯威辛，在絕望的日子中，藉著一點點的生命感動，度過那悲慘的歲月。他提醒我，「追尋意義的命題」，生命意義的探尋是「投入」後的副產物。投入是指我們願意過著充滿創造、愛、工作和建設性的生活的一種承諾。這種認真的態度會為我們的所作所為帶來意義，超

* 維克多・法蘭克（Viktor Emil Frankl），維也納心理治療學派，意義治療與存在主義分析（Existential Psychoanalysis）的創始人。出生於奧地利維也納一個貧窮的猶太家庭，是納粹屠殺猶太人的倖存者。

脫物質的束縛，甚至有限的壽命。

夜風徐徐，仰望無垠的天際，我堅信薛西弗斯已經贏了宙斯。

周牛

我哭了

親愛的6c：

你說：「今天心理師與我會談，做心理治療。原本，我以為一切都沒事。可是不知道怎麼回事？談到一半時，我……莫名其妙地流下眼淚，竟然哭了。」哭泣是件好事，雖然我不是那位心理師。而你只是參加我的關懷互助團體，但我還是為你的哭泣感到高興。

親愛的6c，在你參加團體的過程中，我發現到你，常常被壓抑許久的悲痛籠罩，我感到你的心陷入到黑暗。那一回我見到你的下巴僵硬，無法鬆開。接連著，我感受到我的心有壓抑的感覺，我深深地呼吸，調整自我，我停頓兩秒，疑視你的雙眼，傳遞一份寧靜，一份力量，緩慢，沉穩，以溫柔的口吻對你說：「6c，我不知道，你發生了什麼事？我感受到你內在的情緒，如果你願意說，我會在這兒好好聽你說。」在那一刻，你的眼神瞬間黯淡了，低下頭摩擦雙手，接著你又抬頭看著我，我瞧見悲痛的淚快要滿出你的眼眶，你沒有說話，團體的伙伴也沒有說話，你靜靜地離開團體回到病房。

這一次，你有不同的變化。你說：「其實，我很不喜歡會談，每次都坐立難安，雙手不停搓揉，甚至互相絞緊。」

「6c，在團體中，我常常見到你的姿態，常常畏縮低頭……」我回應你。

你微微笑了。

「你想聽聽我的感受嗎？」我說。

「好。」你點點頭。

「有時我會覺得你像隻受傷的小動物，蜷縮在陰暗的角落。」我接著說：「不過，這次的會談，似乎給你不同的感受了？」

6c，你鼓起勇氣說出自己的想法了，我的思緒順著你表達的語句、語調，出現了畫面——

在會談時，那位心理師的雙手握著你的手，緩和了你的焦慮與緊繃，但你抽出右手開始搓捏著下巴，一次又一次地搓捏，心理師對你微笑，點點頭，左手握住你的右手，和你的左手放在一起，他再次用雙手握住你的雙手，傳遞著溫暖，說：「我懂。」

你的身子微微顫抖，眼睛充滿的淚水終於滴落了，像是無休無止拍打海堤的浪潮。

你說：「我嚇到了。愈哭愈厲害。以致於我有一點喘不過氣來。到最後，心理師讓我喘口氣。我很久沒有這樣子哭了。……真的……真的很久很久了。」

為這次的經驗，你寫了一首詩——〈我哭了〉：

我哭了
乖乖
我很堅強的
可是我哭了
我以前不喜歡哭的樣子
可是我哭了
我把痛苦的感覺哭出來了
我很棒
我要給自己一個擁抱
如果下次我要哭囉！
我會說：「來吧！我陪你一起哭……」

親愛的6c，當你朗誦完後，我……的眼角也濕了。

周牛

淚

親愛的6c：

你說：「我很少哭，眼淚是我想追尋的，過去不知淚是何物？總覺得流淚是件沒出息的事。」

我，亦是如此。自當了心理師後，心變得柔軟，我知道淚水可以洗滌內心的創傷，是自我的療癒劑。當流淚時，最好是一個人，哭過後才能明心見性。

親愛的6c，我常常說：「何妨自己陪著自己，自己伴著自己，試著輕喚出內在的自我。」陪著，就單純地陪著。若是想哭，就陪著哭；若是想流淚，就陪著流淚。自在些，不要有壓力，陪著就好。

放縱你的淚吧！點點淚雨被禁錮太久了，讓淚放肆，讓淚奔騰。記得「流完淚後，我和內在的我會重新融合在一起」。何況我和內在的我本來就是一體的。

我知道那流進你心坎匯成了你的淚水，當一滴、兩滴……涓涓流出時，會洗淨清明。

我看見你的不捨。我知道，我清楚你的一切，疼惜你的所有！

你溫柔地看著我，你泛淚的眼角，讓我清楚地瞭解你聽到了，而且是打心底聽到了，為此，我同你落淚了。淚眼中，我知道我們是一體的，彼此溫柔地相陪。

周牛

臺大生

親愛的6c：

前幾天臺灣大學的大學生接二連三發生了自殺案件，震驚社會。你看到了這則新聞，與我分享你的感受，你想到了張國榮。張國榮是我喜歡的男性明星，我最喜歡他在陳凱歌執導的《霸王別姬》裡演的虞姬。這部電影是華人電影中的經典，有好幾句經典臺詞。像是：

「人，得自個兒成全自個兒。」

「蝶衣，你可真是不瘋魔不成活呀。」
「要想人前顯貴，必得人後受罪。」
「我是假霸王，你是真虞姬！」
「你也不出來看看，這世上的戲都唱到哪一齣了！」
「人縱有萬般能耐，終也敵不過天命。」
「一個人有一個人的命。」

裡頭最經典就是程蝶衣說的，「差一年，一個月，一天，一個時辰，都不算一輩子。」張國榮是在二〇〇三年四月一日那天離世的，傍晚他從香港文華東方酒店，二十四層樓墜下，緊急送往瑪麗醫院急救，但張國榮在入院前已死亡，享年四十六歲。震撼整個華人社會，那天也是愚人節，有不少歌迷及民眾認為只是一個玩笑，因此當知道消息屬實後都無法接受。緊接著媒體不斷地報導，也引起一些人仿效。

親愛的6c，我擔憂的是就是這個，一連串的自殺事件讓原本處在痛苦的人，會進一步認同自殺，甚至複製行為。

媒體上陳述——

「人生的勝利組合。」

「臺灣最高學府。」

「自小成績優異。」

……

我的內心有些感觸，「確實，他們與我們相比，會讓人心生羨慕。在醫院擔任諮商心理師經常接觸這類的個案，在高中時期，成績優異，以考上頂尖的大學為夢想，這些被父母寄予厚望的孩子自小在競爭環境下成長，有著自我要求高的人格特質，不被允許示弱，也不擅於表達負面情緒，一股勁兒地壓抑自我。」

你睜著大眼聽我的陳述，「以前我也是會壓抑……」彷彿說中了你的感覺，你繼續與我分享，「但現在我學著表達。」

親愛的6c，你的話讓我想到，曾有一位個案，只能對心理師表達他的內在感受，他自某所知名大學休學在家，醫師診斷為重度憂鬱，轉介心理諮商，在輔導的過程時，個案表示：「心理師，我曾自殺過好多次，自殺就像是揮之不去的幽靈盤桓在我的心靈。」個案的家人完全不能接納自己的孩子生病的事。個案很無奈地說：「連我的家人都認為我想太多了。」

我觀察自殺個案，從意念到行為，他們想處理的是痛苦，而不是生命。因為這些痛苦，讓人痛不欲生，於是想以結束生命的方式，讓痛苦消失掉。當這些意念逐次地加強到了具體計畫時，個案內心仍會有掙扎。

你回想起上回你自殺前的想法，你說：「那種感覺像極了走在昏暗的墳場，四周遭都是墓，頹傾的、荒廢的、全新的……男女老少的都有，我一點都不害怕，感覺像在參加熱鬧的趴，無聲的熱鬧。我是活人，如果這時出現了其他的生人，我可能突然驚駭尖叫，比看到鬼還可怕……我是這些躺著的人的好朋友，他們正在召喚我。」

後來，你鼓起勇氣自殺，但在最後一刻，有人點醒了你。我最喜歡聽你陳述這一段，你講了好多次了，但我還是請你再說一遍，那個故事充滿了感動。

你笑了，你說：「其實，在決定自殺前的那一刻，內心仍然是在掙扎著，徘徊在生與死的關頭。只要想死的力量超過了求生的意志，我就會立刻走向死亡了。」你端起水杯，啜了一口水，繼續分享，「那天我內心悲傷到極點，接下來我像是失去了感覺，一個人茫然地走街上，後來走上了橋，到橋中間，我看著橋下的河流。突然間有位騎野狼一二五的歐吉桑對我吼一聲，他給我一個溫暖的微笑，說：『少年仔，我瞭解。』他遞給我一瓶礦泉水，『這個水給你，休息一下喝口水。』又騎著車走了。我走下橋，坐在岸邊，看著這瓶水，看著潺潺流水，我的淚水流下來了，我狠狠地哭泣用淚水洗淨我的心。」

親愛的6c，你哽咽說：「後來我緊緊握著那瓶礦泉水，感覺到涼涼的水與歐吉桑的溫暖與關心。」說完後，你緊緊握著水杯，就像握著當初那瓶礦泉水一樣。

周牛

鐵檻寺與饅頭庵

親愛的6c：

死亡是人生最大的失落，而且從出生的那一刻起，就一直朝死亡前進。人死亡，我們稱之為「往生」，代表著要進到另一段生命旅程；可是，人出生在世，就沒有人會稱之為「往死」，可見死亡是一個禁忌話題。歸結到現實面上，人生最大的追尋不正是「死亡」嗎？

紅樓夢裡有句話說：「縱有千年鐵門檻，終須一個土饅頭。」賈府的家廟叫鐵檻寺，還有個饅頭庵。紅樓大院裡，有鐵檻，有饅頭，用鐵檻抵擋死神，只不過是浪費氣力，還不如吃個饅頭，填填肚子吧！死亡是最公平了，不管有錢、沒錢、漂亮的、醜陋的，在地下都會化為黃土。

你問：「想像死，那個感覺會是什麼？」

我回應：「死，冰冰涼涼的。你覺得呢？」

「我……覺得……」你沉思，接著說：「我也許會打個哆嗦，當下的感覺就像北風捲起天地間飄零的枯葉，我會對我的愛人表達，你知道嗎？我有許多想要說的話還沒有說。你知道嗎？我有許多答應要做事還沒有做。你知道嗎？我還有許許多多……都沒完成呀！蒼茫間，我的心會忽高忽低，忽左忽右。靈魂若有知，我會追問著，這一生值得嗎？還有什麼不圓滿的嗎？我會不斷地問……直到感覺鈍了！直到思想渾了！這就是我的想法。」

聽完你的說法，換我陷入思考。你看到我半天都不說話，你找了一個話題問我：「在死亡來臨的那一天之前，你想過什麼樣的生活？」

我沉思許久，「死生契闊……嗯……」這下可問倒我了，突然想起唐朝詩人陳陶所作〈隴西行〉裡的詩句——

可憐河邊無定骨，
猶是深閨夢裡人。

我幽然一嘆：「唉！當下就好好活著過日子吧！」

周牛

極簡的書寫

這裡收錄的隨筆是極短的書寫，每個短文不超過一千字。我常常鼓勵個案做書寫療育，我不選擇這個「癒」，書寫除了癒，更有育的功效。每回我都請個案寫，後來我自己也寫了……。我發覺自己腦海常閃過天馬行空的點，抓住那個點後，開始由點而線、而面，最後成為立體。這期間，我自在地寫、自由地寫、自心地寫，無拘無束，讓心奔放出心的情感。心理師總得要先自我療育呀！

多巴胺控制器

「你的太太得到的是思覺失調症。」醫師病解。

「會好嗎？」阿南低著頭。

「現在是負性症狀，反應會變慢、智力下降、動機減弱、沒有精神。藥物治療對於正性症狀比負性症狀有效。正性症狀是幻覺、妄想，思考、情緒與行為出現障礙。多數患者發病時，是以正性症狀為主，隨著時間流逝，負性症狀會逐漸增多，當然也有少數患者只有負性症狀。」

阿南笑得詭異，好像他不在這個時空裡。

「先生！先生！你還好嗎？」

「喔，沒事。我知道了，謝謝醫師。」

阿南回到家，進到他的書房。打開小嬋的多巴胺控制器，這是他研究的結晶。憑藉著這個多巴胺控制器，他可以操控小嬋腦中的神經傳導物質——多巴胺。操控器右邊是正性症狀，「這是中腦邊緣路徑，這兒的多巴胺過度活化，會讓人快樂，到了極點，就會出現正性症狀。小嬋，你曾經快樂過，但現在我已經將妳的多巴胺往負性症狀調整了。」阿南將手指往左邊負性症狀滑動，滑到最底，「負性症狀是前額葉路徑，前額葉的多巴胺活性過低。」阿南覺得好笑，「哈哈！」自語著：「這是我人生中最後一笑了。」接著阿南拿出自己的多巴胺操控器，打開後，把自己的負性症狀滑到最大。他到院子裡，前幾天他買了高溫焚化爐。阿南將小嬋與他的多巴胺控制器丟進爐內，按下開關，透過爐窗，看著熊熊烈火，吞噬這兩具控制器。他回到房間躺在床上，另一邊是小嬋睡的位置。他想起那一天，他比平常提早回家，想給小嬋驚喜……阿南聽見臥室傳出她的嬌喘和一個陌生男人的聲音。男人的手機響了，講完手機後，「我得走了。」

「急什麼？他出差，後天才會回來。」小嬋嬌言嬌語。聽罷！他惱羞成怒，抑制著心中的怒火，離開家。

那個男的已經早一年住院了，醫師診斷是思覺失調症，阿南將他的多巴胺控制器的正性症狀調到最強。於是那個男子滿腦子的幻想，覺得肚子藏了一個讓他快樂的女神，滿是笑意的彌勒佛指示他，要將女神找出來，他拿一把西瓜刀要剖開自己的肚子，挖出快樂女神，幸好家人通報警察，強制就醫。他的家人都搞不清楚是怎麼一回事，竟然就這麼突然發病了。以前阿南想到這事兒都會暗笑。現而今，他沒有任何情緒……阿南知道過一陣子，就會完全的喪失意志力。他轉側身，看著小嬋的位置，嗅到她的味。不知道為什麼淚還是滴了下來。

禾

「有些事，讓我們刻骨銘心。有些人，令我難以釋懷。但我還是一路走來了，告別一段段感情。」禾說。

「有什麼歌可以代表你的心境呢？」我說。

徘徊在起風的午夜
誰的嘆息飄在風間
那麼無奈卻又無悔
多少前世殘夢留待今生圓
……
依然記得你眼裡的依戀

禾唱得不成曲調，但我記起是萬芳的歌——〈我記得你眼裡的依戀〉。我思考要用什麼樣的詞句對禾表達我的意思。

「心理師，你怎麼不說話了。」

「我在想要如何對你表達我心頭的想法？」

「是不是在想我的狀況？或是想用什麼技術？」禾微笑。

一時間彼此無語。禾打破沉默說：「上回你用水晶球技術，我拒絕了，你知道是為什麼嗎？」

我搖搖頭，「不知道。」

禾笑了，「我原本以為你會拿個真的水晶球。」我想起上次會談，那時禾以為我有水晶球，還問我：「心理師，水晶球呢？」

「水晶球是焦點解決短期諮商*的技術問句，屬於假設性問句，問句的語法是：『如果在你面前有一個可以看得到未來的水晶球，你猜你會看到什麼？』」

「你作了功課，去查了什麼是『水晶球技術』，不過我還是想瞭解你拒絕的原因。」

「沒有真的水晶球！」禾俏皮說。

我笑了。禾娓娓道來：「其實，我深怕面對自己的水晶球，怕那夢境終究只是夢……我愛他……每一個的呼吸，每一次心跳，都隱含著綿綿的思念。在這濃郁化不開的思情中，我卻只能暗暗品嚐。」

「我感覺你似乎是陷進去了。」

*焦點解決短期治療（Solution-focused brief Therapy，簡稱SFBT），一九八〇年代初期由史提夫・狄世沙（Steve de Shazer）和妻子及燕素・金柏（Inn Berg Kim）創立，以尋找解決問題的方法為主的短期心理治療技術。

「更貼切地說，是鎖住了，當放下心中的思念，才能解開腳上的鎖鏈，但這又讓我不捨，捨不掉我的鎖鏈！」

「所以，在捨與不捨中，有很大的矛盾。」

「應該說在捨與不捨中仍有愛的堅持。」

「可以多說些有關這個『愛』的事情嗎？」

「哈哈！心理師，時間到了。」禾逕自離開了，我思考著禾的言行，驀地發現禾留下了一張紙條。

心理師，謝謝在我住院這段時間陪著我。我心中留有他的位置，愛上他，讓我不願再愛上其他人，有一天若他說：「不再愛你了。」就像飛機在層層雲中，我看不見。但飛機在天的那一頭，我在地的這一端。看不見，我仍感受到飛機正在凌雲翱翔。所以，捨與不捨之中，都存在著我的愛，刻骨銘心，且心甘情願！禾

我在諮商室內，獨自看著窗外，遠遠的氤氳籠著青山，不變的是青山的蒼勁。

阿芬的手

阿芬單身。有個親生的兒子，是位小男孩——小田。但是阿芬不是單親媽媽，法院將小田的監護權判給了先生。

每年，只有過農曆新年時才見得到小田。從正月初一到初五，阿芬與小田總是上演相同的戲碼，見面時，很開心，陪小孩玩時，很快樂。但隨著假期快要結束，阿芬與小田會開始意識到會分離時，慢慢染上憂愁，到分開時，是到頂點的悲傷。

今年過年，年初五小田的爸爸來接他。小田哭哭啼啼不願上爸爸的車，阿芬狠心地甩開小田的手，由阿芬的弟弟強行抱小田送上爸爸的車子。

小田突然不哭了，雙眼含淚，從車窗想看媽媽的身影，但阿芬躲在房裡哭泣。小田落寞地看著自己的手，心想：「媽媽，不要我了嗎？」

若干年後，小田長大了。過年仍然回來陪著媽媽。

初五要回去爸爸那兒時，阿芬對小田說：「小田，媽媽能抱抱你嗎？」

小田搖搖頭，「我已經長大了。」身子向後退一步。

「那媽媽牽牽你的手呢？」

小田還是搖搖頭，但看到阿芬期盼的神情，小田終究心軟了。輕輕握住阿芬的手……，小田想起幼時的那一幕，他想從車窗想看媽媽的身影，卻看不到，落寞地看著自己的手。剎時，他很快地撥開了阿芬的手，轉頭離去。

留下阿芬與阿芬那顆錯愕的心……

撕

心理師在團體裡帶一個活動，引導團體的成員撕碎白報紙。心理師說：「這是一個隱喻的活動，請大家想像著——撕掉恨。撕掉愁。撕掉悲。撕掉苦。」

總之要撕掉心頭上所有的不愉快。

阿娉參加團體多時，平時愛掛著微笑，兩個淺淺的酒窩，話不多。今天卻是格外用力撕著，撕到片片飄揚起來。阿娉靜靜凝視，陡然間流下淚。

在團體分享時，心理師引導著阿娉，「阿娉，今天妳在撕紙的過程想到了什麼？」

阿娉拭去淚，緩緩道出——阿娉的他做了一件讓阿娉傷心的事，阿娉澈澈底底為他撕裂肝肺地痛哭了一宿。天亮後，阿娉照照鏡子，看著紅腫的眼，告訴自己——還愛著他，只是不能那麼地愛了。

剛剛在撕的過程中，那個痛苦又上身了。撕完後，阿媜閃過一個念頭，她覺得其實他也沒那麼重要，疼惜自己才是重要的，她沒有那麼在乎了。

團體的伙伴聽了之後，有人流淚，有人給阿媜鼓勵，也有人給阿媜溫暖的擁抱。心理師邀請大家將撕碎的紙，作出自己想要的東西。阿媜細細地將撕碎的紙組成一個心形，上了紅色，是一顆鮮豔，而且火紅的心……

阿媜將這顆心帶回家，掛在臥室，看著這顆心，打算一切重新開始，阿媜深深地呼吸，準備一場好眠……可是夜越深，越是覺察心語重重，獨坐床上至三點半。阿媜想著另外一個地方，有位她思念的人現在已經深鼾熟睡，而自己卻在深夜久久無法入眠，阿媜自問：「這樣子的思念，現在已成為我的單相思了嗎？他會在同一時間想我嗎？他會不會也和我一樣失眠呢？」但阿媜想到平時他的習慣，此刻的他應該是打呼了。夜深沉，轉也轉不完的圓圈像是旋渦，小媜跳進了渦心，看著不停轉動的念頭。旋渦的心是靜止的，周邊是一圈又一圈旋轉的念頭，一個不小心就會陷入念頭，轉得頭暈了。

這又是一個不成眠的夜。小媜看著那顆心，仍然掛牆上，只是……在夜燈下，阿媜將撕下的紙做成紅色的心，那顆想要重生的心竟然成了黑色的一顆心。

阿森

阿森七十多歲了，態度高傲，雙手抱胸對著心理師說：「我的太太死了，我很高興她死了。」

「阿森……」心理師說。

阿森仍舊大笑著。「阿森，先停一下……」阿森停了笑聲，但臉上還是堆著笑意。

「能不能告訴我，這裡面發生了什麼事呢？」心理師緩緩地說。

阿森沉默一會兒，「她偷人，她以為我不知道……」語氣轉為憤怒。

「我感覺到你的憤怒，如果你願意說一說，我願意傾聽你心底的聲音。」

「那個渣仔……名義上是她的哥哥，暗地裡她在搞什麼，我都知道。我恨他，但我更恨的是她——我的太太，我每天羞辱她，欺辱她，發誓要讓這個破壞家庭的這兩人受到懲罰，可是她為了他，毫不言語，默默承受我對她的恨。」

「這讓我恨之入骨。」阿森咬牙切齒地說。

心理師聽了，內心感受到一種恐懼，是什麼樣的愛恨情仇，要如此地折磨對方？心理師告訴了阿森心理師此時的感覺……

「嘿嘿！我就是要讓她痛苦，不久後，她被折磨得生病了，這次，是最嚴重的一次，她已經在死亡的邊緣。我毫無感覺，毫無憐憫……」阿森冷笑，「心理師，我告訴她死就死吧！但她……最後卻說了……」

「說了什麼？」

阿森像是心被撕裂般地痛苦，只說：「我……」就開始流淚不語。

數日後，心理師問了當時在阿森太太臨終時的陪伴志工，還原了那一天——

阿森的太太虛弱地躺在病床，阿森神情木然呆坐在一旁。阿森的太太喘氣吐出了，「阿森，我過去做了對不起你的事情，但是……」最後一句，「我仍然是愛著……你……」

過了一段時間，兒孫們低頭啜泣，「媽媽走了……」、「阿嬤走了……」

阿森聽了，緊閉起雙眼，接著悄悄地走到病房外，拿起手帕，深怕被別人看見，拭去了眼角的淚水。無語看著蒼天。

五千公尺

聽見Fotol住在安寧病房時，我實在不敢相信。Fotol是樂觀的阿美族人。Fotol是族名，意思是睪丸。Fotol說：「爸爸為我取這個雄性的名字，是希望我如勇士般地壯健，承擔起整個家族。」

我們同梯入伍，那時部隊的體能測驗要測跑五千公尺。記得有回營長突發奇想，要求全營武裝*加偽裝測跑。那天，我感冒了。Fotol第一梯次測跑完後，看到我身體不適，立刻換了我的上衣，臉加強了偽裝。結果他跑了十公里。Fotol笑說：「兄弟，五千欠著。」退伍後，他跑遠洋。多年不見，沒想到他竟然是肝癌末期。那天午後，我到了安寧病房，乍見下，我心懷疑他是Fotol嗎？怎麼瘦得只剩骨架子？他掙扎著想坐起來，痛苦而扭曲的一張臉，每動一下都是折磨。

「躺著好了。」我握著Fotol的手。

「兄弟，你來了！」他孱弱地說。

「是呀！我來了。」我微笑著。

Fotol對女兒Lisin示意。Lisin說：「阿伯，爸爸要對您說聲謝謝！」Fotol的眼神充滿著感激，但我卻一頭霧水。她接著，「如果不是您的幫助，爸爸就沒有今天的成就了。」

原來當時Fotol參加了部隊的隨營補習教育，我鼓勵他，並為他補習，他順利地考取了學歷。Fotol退伍後，跑船，存錢，苦讀進修，還創了業。

Fotol話很少，很虛弱。

*五千公尺武裝跑步，指單兵身著戰鬥服，攜帶步槍、刺刀、水壺、鋼盔、紮S腰帶，著長筒皮鞋跑步；整個連隊二十四分鐘跑完為及格，二十二分鐘以內為滿分。

Lisin流著淚，「這些年爸爸很辛苦，沒照顧自己的身體……」

我嘆了氣！癌末，讓Fotol處在疼痛中，直到住進安寧病房，得到身心靈的安慰與緩解，才能在臨終前完成他的願望。此後，我有空就來看Fotol，畢竟他的日子不多了。最後的探視，Fotol進入譫妄，吵著要吃Siraw，這是阿美族傳統的醃豬肉，用大量的粗鹽醃製，以生食為主。那年Fotol帶我參加豐年祭時，我吃過一次，是記憶中的美食。護理師說，這是臨終前，味覺的回憶，但Fotol是無法吞嚥的。Lisin將Siraw切得細細的，讓Fotol含著，接著他帶著滿足的笑意昏睡了。三天後，依Fotol的心願，Fotol要在家裡往生，他辦好出院，回家待了個兩小時之後，到另一個世界去了。Lisin用LINE傳訊：「阿伯，父已走。」我心生悵然，憶起了Fotol跑完十公里的模樣，我內心說：「兄弟，來世咱們再跑五千！」

一彎明月

夜裡，在昏黃的燈光下，靜靜聽你的訴說，像是月夜中慢慢流著的河水。細細聆聽，我感受到你在電話那頭的情緒，正化作淚水緩緩流出。夜，讓一切都緩了下了。我不難想像，你今天遭遇到的事情。你說你無法再將自己的憤怒訴說出來，當下選擇了不說。

我要謝謝你，願意信任我，知道我願意聆聽，願意用心聽你。

我知道那是多年累積的情緒。我輕聲問：「我感受到那時你像是要爆炸的氣球，可是你卻沒有講出來。」

「那個時機點，講了也沒有用。」你輕聲嘆道。

「而今你也不願說了。」

「我知道今天我應該講，可我選擇不講，因為那個時機點已經過了，說了也沒太大的意義。」

「就像是充氣過量的氣球，已經引爆了，碎了，面對這碎了的氣球，如何還能吹起一個圓球呢！」

「時間過了，就再也沒有感覺了。」電話那頭傳來你平和的語氣。

對的事情，放在錯的時機，是錯了！錯的事情，放在對的時機，也是錯了！時間終究會帶走這一切。

抬頭一望，正好看見一彎明月，從古至今看過多少紅塵心事，而她正對我淺淺地微笑。

神祕客

「現在我要你想像自己是一位八十歲的老人家，在生日宴會上，有位神祕客會來為你祝壽，你希望這位神祕客是誰呢？」團體的領導者帶領者我們做這個活動。

我思考許久，心想有一位是我說不出口的，我心中會一直期盼他來。我進入沉思，想起了李安執導的《斷背山》（*Brokeback Mountain*）的最後一幕……艾尼斯的大女兒開車來，邀請艾尼斯參加她的婚禮，艾尼斯沉默地憶起傑克，歲月變化，滄海桑田，女兒已經要結婚了。未盡人父之責的艾尼斯答應婚禮的邀約。送走女兒後，艾尼斯打開衣櫃，櫃門釘著一張斷背山的明信片，他將自己的襯衣裹住傑克的舊衣，合掛在明信片下。艾尼斯輕撫著襯衣，眼眶紅濕，低聲呢喃：「傑克，我發誓……」盼星星，盼月亮，盼太陽；艾尼斯盼著傑克來，但終究只有夢裡相遇了。

我的生日是在冬季，生日宴那一天下雨了，冷冬時的雨，加上冷冷的風，最是清清淒淒。八十歲，該看淡了，但有時思念襲來，也會如波濤洶湧，在心中起伏。有如《暗戀桃花園》*雲之凡與江濱柳最後相見時，閒話家常後，雲之凡起身離去。

* 表演工作坊的舞臺劇，由賴聲川編導，將《暗戀》（悲）與《桃花源》（喜），一起在舞臺上演出，為華文戲劇的經典作品。

「之凡，這些年妳有沒有想過我？」江濱柳顫抖地問。

「我寫了好多信到上海。」雲之凡說。

在動盪的時代裡，一切都石沉大海了，最後江濱柳緩緩地伸手，雲之凡轉身回來握住江濱柳的手，一別四十年，唯有淚眼相望……是悲，也是傷。

我知道你會在我八十歲的生日來，但我該說些什麼話表達這一生與你的相見的感動呢？天冷了，寒意透過窗滲到屋內，我覺察這顆心的悸動，用那支你送給我，伴我幾十年的鋼筆寫下了——

謝謝你

在我生命最脆弱時與我相見

你的話語——每字、每句

陪我度過每一個艱難的時刻。

那位八十歲的老頭在等待，顫顫地走到戶外，寒風刺骨，抬頭仰望天空是陰沉一片，那個老頭相信，陽光就在雲層之上，有光，也有溫暖。老頭相信他一定會來。

白雲谷口

「去了，我又回來了；逛了一趟，我又回來了。」綠生得可人，是人見人愛型的，圓圓的臉。

「能不能多說一些，妳去那兒是做些什麼？」我問綠。

「我想著那個人，想著這份愛。心被針扎到了，很痛！但這痛不容我說出來。」

「聽這樣的描述，想必是十分痛苦了。說不出來的感覺是什麼呢？」我看著綠的明眸。

「我無法流淚，扎心的每一刻，我都得笑，我都得笑著過日子。」

「我感受到了，如果針從心頭拔出了，會不會好一些？」

綠望了我一眼。我詮釋綠的痛苦，「現在，我可以告訴你我的體悟是，若你們的關係要無害、也讓彼此都能持續成長、滋養，需要加入更高層次的愛。關係要持續，不能只靠情愛的能量了。回歸當下，去體悟……」

綠打斷我，「心理師，針……不是重點。針讓我感覺到我的存在，我是很痛苦沒錯，可是沒有這個痛苦，我將無法讓我自己前行……」

我訝異地看著綠，腦袋一片渾沌，我想說些什麼，卻又說不出來。

綠沉默了一會兒，緩緩說出：「你不瞭解我，很抱歉，我沒有辦法接受你給我的意見。」

緣說完後，離開諮商室，留下錯愕的我……

驀地，自心深處傳來偈詩：「一片白雲橫谷口，幾多歸鳥盡迷巢」。* 我竟然迷失在我的自以為是，緣在離去的瞬間搖醒了我自以為是的專業，敲碎了我自以為是的固著，我趕忙追去……但緣已不知去向，醫院內放眼望去盡是看診的病人，看不清綠的蹤影了。

時間

之一　心理時間

那天中午，阿棻說：「好了，就這樣了。我要離開了。」

阿棻連再見都不願意說出口，或者是說，一旦說了「再見」就會有期待，我嚅嚅地說：「現在是幾點？」

阿棻頭也不回的，逕自離開了。

* 僧問：「供養百千諸佛，不如供養一個無心道人。未審百千諸佛有何過？無心道人有何德？」洛浦元安禪師曰：「一片白雲橫谷口，幾多歸鳥盡迷巢。」出自《禪門公案》。

我嘆了一口氣，看著我的手錶，時間是：「十二點零九分。」

此後，時鐘指著十二點十分，我的心理時間仍在十二點零九分。

隔天，我的心理時間仍在昨天的十二點零九分。

一個星期後，我的心理時間仍在上一週的那一天的十二點零九分。

一個月後、一年後，甚至以後……我的心理時間仍會在那一天的十二點零九分。

之二　兩份牛排

這是夏君熟悉的餐廳，熟悉的桌位，她點了熟悉的牛排。

時鐘指向十二時。

鄰桌用餐的客人覺得夏君怪怪的，戴著黑色的墨鏡，她點了兩人份的牛排，可是另一位似乎遲到了。鄰桌的客人用完餐，飽足感讓他打一個滿足的嗝，到櫃檯結帳前，偷偷地瞄了夏君一眼，桌上的牛排還好好地在桌上。

感覺上，一切都準備好了，只差那一位……

感覺上，那一位似乎不會來了……

感覺上，……就是怪怪的……

時鐘指向十三時二十九分。

夏君整理了一下，緩緩且優雅地到櫃檯結帳，服務員小周親切地說：「小姐，需要打包回去嗎？」

夏君微微一笑，搖搖頭，步出餐廳，自動門打開的剎那，耀眼的陽光流瀉進來。

小周看著夏君孤單的身影消失在金黃陽光下，想起去年的這一天，一位男士在同樣的桌位，坐在夏君的對面，點了兩份牛排。離去的時間是在十三時二十九分。

不過那次，他們是微笑地手牽著手，帶著甜蜜離開的。

離去

心理師的女性友人找心理師聊心事，心理師請她畫了一幅畫。

她很快地畫出了沙發、落地燈，沙發上坐了一女子，若脂的柔荑，食中指間夾著一根煙，白裊裊的煙在昏黃的燈光裡，飄向寂寞的空間，而女子的面容是昏暗不清的。

「我覺得這幅畫透露不安，有股分離的氛圍。妳的感覺呢？」心理師分享了內在的感受。

「還有彼此的猜忌。」她冷冷地回應。

「喔！所以還有相對應的另一人了。」

她點點頭。

心理師若有所思，「我能不能邀請妳與相對應於妳的那一位，順著這個故事發展。」

她眨了眨靈秀的雙眸……

心理師搬了張空椅，請她對著空椅進行角色扮演。她燃起了一根煙，對著空椅吐了個煙圈，慢慢地擴散、消去……她熄了煙，眼神的溫柔不再，語氣冷淡，「走？還是繼續留下來？」

心理師怔住了，無意識地脫口而出：「我……」

她毫不戀眷地拿起她的包包，淡淡地說：「我已經沒有任何感覺了，時間終究還是會帶我走。」接著就頭也不回地離開心理師的房間。

心理師心頭一震，看著她離去，想喚回，又喊不出……心理師想起昨天與前伴侶到戶政事務所辦離婚時，對方也是果決不回頭地離去。

心理師緊握著她的畫，感覺像是進入了霧裡，空氣裡還留著她的香水味與菸味，心理師正感受到內心逐步消融，他極力地找回專業的感覺，但心理師再怎麼辨別，也認不清這是什麼樣的情緒了！

長大

那年小沙十九歲。

在生日那天，小沙很勇敢地向父母出櫃，告訴雙親：「我是男生，我喜歡男生，我不想害到其他女生……」父母原本以為可以傳宗接代，頓時落空了，除了憤怒，還是憤怒，小沙抗爭了好幾個月，直到母親以死相逼……

父親請了最疼小沙的高中國文老師來勸小沙，那天老師、師母，一同到小沙家中，老師的眼神裡藏著憂傷，而小沙看見老師時，眼眸浮著悸動，不安，也透著些許愛意的神色……當小沙知道老師的來意時，陡然落為黯然，不再言語。老師要求與小沙在房間密談，莫約半小時後……小沙出來了，妥協了。

很快地，父母為小沙安排了門當戶對的婚事，小沙在二十歲時，與阿芬結婚了。時間過得很快，這年他三十六歲，所有人都以為他們幸福甜蜜，他們還生了一雙女兒。那天小沙與阿芬徹夜長談——

「他走了。對不起……」小沙歉然。

「十六年了，我還不能取代他嗎？你是孩子的爸爸啊！」阿芬痛苦地哭泣。

小沙燃起一支香菸，深深地吸了一口，吐著煙圈，看著那個圈圈擴散擴散，然後消失，

「我只能說聲對不起了，當初就是他要我成家的。」
「你把我當什麼？」阿芬崩潰了。
「現在他人都不在了，我再聽話又有什麼意義呢？」小沙無奈。
小沙無視歇斯底里的阿芬，熄了菸，兀自入了只有自己才能進去的書房，關上了門，打開密櫃，翻閱那本陳舊的作文簿，想起了……
高中時，他寫了一篇作文，親自到辦公室交給老師。
「老師，你可以一直教我作文嗎？」小沙問。
「傻孩子……當然可以啊！」老師笑著說。
若干日後，老師還給小沙作文，密密的批改紅字中最後一行寫著：「我願意等你長大。」
小沙撫摸著那幾個字，流淚低語：「老師，你不是要等我長大嗎？」

十一月二十四日

小林和小李，兩位男生，手牽著手坐在心理師的面前。也只有在諮商室內，他們可以毫無顧忌地表現出小倆口的恩愛。他們說：「之前還可以在午後的公園，手牽手散步在陣陣蟬鳴聲裡。」

「你們不擔心別人的眼光嗎？」心理師說。

「是會有異樣，不過那個異樣的感覺是可以忍受的。有些人投以鼓勵的眼神、有些則是不以為然……」

小林和小李幽幽地嘆了一口氣。心理師想像著綠蔭、蟬鳴，小徑上，兩人落在地上的身影交融在一起的模樣。

「現在呢？」

「完全不一樣了。那天深夜，我倆手牽手走到公園的長椅坐下，一如以往地深吻著彼此。但氣氛似乎有變化，剛剛接受我們一百元的乞丐不屑地看著我們。一個男人走了過來，粗暴地扯著我們的頭髮，硬是分開我們並且吼道：『肏！你們倆知道嗎？我忍很久了！』接著給我倆一人一個巴掌，臉頰火辣辣地兀自疼著，我們連摸都沒摸，就離開了……」

「唉！怎麼會這樣呢？」

心理師想著兩人的背影消失在深夜裡的暗徑上。小林和小李流著淚，內心十分痛苦，彷彿世界都離他們而去了。

「那個男人惡狠狠地說：『滾吧！回到你們該去的地方，公園不歡迎你們。』……」小林難過地說。

「那天是幾月幾日呀？」

「那天正是……」小李濕紅著眼，手指牆上的日曆。

心理師轉頭看著多日未撕的日曆，停留在十一月二十四日，心想：「原來小林和小李的傷痛就從那天起了，或著是說傷痛一直都在，那天起更痛了。」那一天正是二〇一八年同性婚姻和同性教育的公投日，心理師又細看那一天的日曆，在二十四日的大字旁邊的是農民曆的十月十七日，有細細的小字，上頭寫著：「日逢受死日，不宜諸吉事。」

心的感覺

常常問自己：「心，你有什麼感覺？」

有時候，焦急、焦慮像是烈日，炙曬地令人喘不過氣來，一種莫名的憤怒油然生起！當自己也不知道是什麼原因造成的時候，請靜下來，做幾個深呼吸，注意力放在鼻子，感受空氣的清涼地流進鼻腔內慢慢地與身體融合的感覺；呼氣時，感受一下氣息流動的感覺，體會呼吸像微風輕輕地吹過。

接著溫柔地問自己，一如多年不見的好友問候：「心呀！你的感覺是什麼？」

人的身體很微妙，會自動地趨吉避凶。只要你願意，讓身體靜一靜，讓心田清一清，身體自然就會歸於和諧。

有一回S告訴我：「心理師，你知道嗎？我一直渴望她來，她終於來了，可是我卻抽不出身去看她，等到見了她之後，我滿心期待，卻因著她的失望神情，變得焦慮……隨著她的離去，我變得沉鬱，慢慢地開始責怪一切，後來簡直快要發狂了。」

「你如何處理這樣子的情緒呢？」

「那晚，我去我們經常爬的山，風清雲淡，天際明月，皎皎月光灑滿山林……突然間，頹廢的精神，模糊的思緒，突然清楚起來了，我想起心理師，你說的呼吸。」

我點點頭，請S繼續說下去。

「我緩緩悠悠地吸吐，轉向我的心，關懷自己說：『S，我知道！我瞭解！』然後，淚水流下來了，我用慈悲地心來觀照我，也觀照對她的思念……我感覺到她此刻與我同心同感，就在剎那間打從心底生出一股憐憫與親切感。我感覺到，她就在我心裡，就在那個位置上，雖然我看不見她，但我仍然可以感受愛的感覺……一種和諧的感覺。」

S的分享。我聽完後，讚歎造物者的奧妙。人的所思、所想，有時像飄雲，但人只要願意，可以藉著靜心，進入到內在寂靜空間，雲是飄不進來的。在這個空間中，觀想著天地之間的愛與仁慈，在那裡，愛已經不是一個感覺，而是一種存在，確確實實的存在……

分離失落

心理師感嘆，「禍不單行的日子總是接二連三地來。」那天是星期二，心理師夜班聽聞妻兄過世，他必須等到晚上十時下班，才能探視。在心理師的規畫下，6C病房的星期二晚間是屬於輕鬆的夜晚，稱之為「莒光夜」，主要是因為心理師在部隊服務當過輔導長，每個星期三晚上的莒光夜是屬於歌唱的夜晚，教唱的歌曲是以軍歌為主。既然是病友們，心理師就教唱輕鬆的歌曲；當然也因為心理師的名字有「莒光」二字，也號名為「莒光夜」。

但是那一晚的莒光夜，心理師卻輕鬆不起來，他覺察到內心的一股焦慮，原本不想帶團體，但他想到與病友們的莒光夜之約，還是進到病房，帶團體時，心理師吹奏口琴，以兩曲〈奇異恩典〉及〈You Raise Me Up〉安撫自我的內在，也對病友們說說奇異恩典的故事，並與病友們期待下一週的莒光夜。

心理師訝異的是，隔天——高層宣布醫院轉型為專責醫院，精神科病房清空，門診自星期五停止看診。這一天星期三晚上有夜診，是精神科醫師專為偏鄉開的兒青門診，竟會是最後一次。晚上六時心理師與一位容易焦慮緊張的個案會談，當個案聽到下一次的會談必須停止，個案不斷地搓著手。心理師陪著個案，陪著他那顆焦慮的心……

回到辦公室，專科護理師小玲，仍在忙著，心理師看了一眼，踅到病房，看看大伙……

「心理師，為什麼我們要清空？」

「我不想出去。」

「我在病房很好。」

心理師想學武俠小說，英雄相別時抱拳高喊：「千山萬水，後會有期。」感覺又不對勁兒，後來淡淡地說：「出院後，要注意安全，戴上口罩，保護好自己……」

「心理師，我還想聽你吹口琴。」病友們說。

「好。」心理師從口袋拿出布魯斯口琴吹奏〈Going Home〉[1]，有人低聲哼唱——

念故鄉，念故鄉，故鄉真可愛，
天甚清，風甚涼，鄉愁陣陣來。
故鄉人，今如何，常念念不忘，
在他鄉，一孤客，寂寞又淒涼。
我願意，回故鄉，重返舊家園，
眾親友，聚一堂，同享從前樂。

1 中文作詞者為李抱忱，譯名為〈念故鄉〉。

心理師看到病友眼眶中的淚水。他轉回到辦公室，美麗的小玲終於忙完了，兩人步出辦公室，在電梯裡小玲流下淚說：「第一次加班加到哭。」她隨即拭淚，心理師無語，陪著小玲一同步出急診門口，互道再見。他看到小玲離去的背影，心想——明天……明天會來，而且一定會來。心理師想到《亂世佳人》（*Gone with the Wind*）這部電影中郝思嘉最後一句：「明天，又是全新的一天。」而心理師的心回了郝思嘉的這句話，「希望新的一天永遠不要與今天相同。」

偏鄉的夜空，飄起了細雨，滴滴落落，心理師看著路上稀稀落落的車燈，雙眼竟也模糊起來了。[2]

2 這一篇完稿後的一個月，本院精神科恢復門診，七月九日6C病房陸續有6c住進來。

跋

我相信文字、我相信文學，不管是閱讀，或是創作，都是一帖心靈的療劑。我樂於寫偏鄉的故事，寫弱勢的故事，寫原住民的故事，想要表達對人的關懷，描述人生遇到的各種境遇，寫出這個人本的核心才是我的目地。這本書可以出版，得到許多人的幫忙，以下是我的衷心感謝——

謝謝為這本書寫序文的臺東醫院院長樊聖醫師，在院務繁忙之際，我請院長寫序，院長一口就答應了，希望上蒼保佑院長身體安康，繼續帶領我們前行；臺東大學的明雯老師是我諮商學習的啟蒙老師，世新大學馬紹老師是才華橫溢的泰雅族作家，在學校改為線上教學時，兩位老師除了要照顧學生的學習，還要為這本書寫序，我的內心十分感謝。還要謝謝寫推薦語的精神科主任銘漢、八里療養院的心理師靜怡、關山工商輔導主任瑞華、杵音文化藝術團創辦人panay、Alian 96.3主持人格格兒，以及晃晃二手書店的素素。

謝謝秀威的釀出版，在新冠疫情嚴峻的狀況下，願意出版這本書。

謝謝與曾與我會心的人，也許你曾經與我會談過，也許你曾經聆聽過我的話，也許你曾經閱讀過我的文字，只要你有所感觸，我們的心就在一起了，謝謝你們。

最後，要謝謝我的家人包容我的一切。

走筆至此，我腦中閃過一個人的身影，內兄莊琮義先生，琮義曾是國家奧運現代五項[1]代表隊的教練，帶領選手參加一九八八年漢城[2]奧運，後來在臺東體育中學擔任教練積極地為國培育新秀，此書完稿時，他離世了。我只能感嘆中華民國失去一位優秀的國家級教練。

對了，請容我再多謝一個人——我自己。年逾半百，我略略知道老天要我來世上這一遭要做什麼了，我期許我自己：「親愛的莒光，為下一本努力地寫。」

1 現代五項為馬術、擊劍、射擊、越野跑步和游泳，於一九一二年夏季奧林匹克運動會被列入比賽項目。

2 漢城在二〇〇五年，官方中文譯名改為「首爾」（Seoul），是大韓民國首都。

釀文學255　PG2610

親愛的6c 精神科書寫

作　　者　周　牛
責任編輯　尹懷君
圖文排版　黃莉珊
封面設計　蔡瑋筠

出版策劃　釀出版
製作發行　秀威資訊科技股份有限公司
114 台北市內湖區瑞光路76巷65號1樓
電話：+886-2-2796-3638　傳真：+886-2-2796-1377
服務信箱：service@showwe.com.tw
http://www.showwe.com.tw
郵政劃撥　19563868　戶名：秀威資訊科技股份有限公司
展售門市　國家書店【松江門市】
104 台北市中山區松江路209號1樓
電話：+886-2-2518-0207　傳真：+886-2-2518-0778
網路訂購　秀威網路書店：https://store.showwe.tw
國家網路書店：https://www.govbooks.com.tw
法律顧問　毛國樑　律師
總 經 銷　聯合發行股份有限公司
231新北市新店區寶橋路235巷6弄6號4F
電話：+886-2-2917-8022　傳真：+886-2-2915-6275

出版日期　2021年9月　BOD一版
定　　價　320元

讀者回函卡

Printed in Taiwan

國家圖書館出版品預行編目

親愛的6c 精神科書寫 / 周牛著. -- 一版. -- 臺
北市 : 釀出版, 2021.09
面； 公分. -- (釀文學 ; 255)
BOD版
ISBN 978-986-445-513-3(平裝)

863.55 110012314